AZ NOVELS

ロシア皇帝より愛をこめて

あすま理彩

アレクセイはずるずるとわざと肉棒を蠢かし、
挿入を見せつけた。
「そんないやらしいことをされているのに、
感じているんだよな、お前は」

CONTENTS

ロシア皇帝より愛をこめて 7
至宝より大切なもの 211
あとがき 222

CONTENTS

ILLUSTRATION
徳丸佳貴

ロシア皇帝より愛をこめて

ロシア・ロマノフ王朝の末裔《まつえい》、それを探る最中に吉永雄介《よしながゆうすけ》の上司、酒井《さかい》が足跡を絶った。

インターポールの刑事である吉永の今回の任務は、その酒井の足取りを探ることだった。

「酒井さん、あんたはいったい、どこに行ったんだ」

吉永は一人呟《つぶや》く。広い美術館に声が溶けていく。低いが若々しさの漲《みなぎ》った声だ。吉永は二十五歳、仕事も油が乗り、まだまだこれからといった時期だ。

危険と隣り合わせだが、スリルとして楽しむ気概はある。犯罪を捜査するのに、いちいち怯《おび》えていてはこの仕事は務まらない。

――もしかしたら金持ちになれるかもしれない。

――おっと、他の人間には言うなよ。お前だから、内緒で教えるんだからな。

――このブレスレットは、『皇女の落し物』というそうだ。

キィワードは『皇女の落し物』。

二ヶ月前、仕事帰りに寄ったバーで、上機嫌になった酒井がぽろりと吉永にそう洩《も》らした。

『皇女の落し物』、そして『金持ちになれる』という言葉から想像できるのは、どうにもきな臭い話だ。

吉永は頭上にかかる絵画を眺めた。とても言葉から連想される物騒な行為など想像もできない。

ロシア、厳冬の都・サンクトペテルブルク、エルミタージュ美術館――。

吉永は単身、ロシアに派遣されていた。

「ここが、酒井が最後に目撃された場所か？」

「ああ、そうだ」

吉永が言えば、ロシア支局のセルゲイがうなずく。昔、研修で馴染《なじ》みになった男だ。現地では、彼の協力を仰ぐよう、本部から連絡がいっている。

酒井はこの場所で目撃されたのを最後に、行方不明になった。それ以来、一切の足取りは摑《つか》めない。理由も場所も、見当がつかないのが現状だ。

「大変だな、お前も。酒井の行方の捜査、なんてな」

「いや、そうでもないさ」

吉永は首を振った。細身のスーツは、吉永によく似合った。痩《や》せぎすの身体《からだ》はすぐに気遣われてしまうが、吉永自身は健康そのものだ。一七五の身長も男らしく、くるくるとよく変わる表情は好ましい。熱血刑事と称されることも多い。

ロシアに滞在中、酒井が何度も訪れ眺めていたのが、この絵画だという。酒井が足を止めた場所には、皇帝一家の肖像画がある。

中でも目を引くのは、美しい皇女たちの優しげな微笑だ。

皇女アナスタシア、もしくはマリアがロシア革命後も生き延びたという伝説が多く生まれているのは、この美しい人に少しでも長く生きていて欲しい、そうロシアの国民が願ったからなのかもしれない。

皇帝一家が処刑された時、マリアは二十一、アナスタシアは十七だった。

恋人がいてもおかしくない年齢だ。

恋人が彼女を救出し、どこかの地で生き延びたのだとしたら。

全世界を巻き込み、時代を超えて謎《なぞ》のまま語り継がれる、これほど壮大な恋物語もないかもしれない。皇女の行方とラブロマンスは、幾人もの作家が想像をかき立てられるらしい。さまざまな本も出版されている。多くの研究者がテーマとして選び、日夜、真実追究への努力が続けられている。

これほど多くの人々が探し、研究しているのに、真実は明らかになっていない。

恋人への熱い想いといえば、ロシアの作家、プーシキンは恋敵との決闘による怪我《けが》がもとで亡くなっている。

それほどに、強く、熱く。

もしかしたら、気温とは裏腹に、この地の人々は情熱的な性質を持っているのかもしれない。

凍えそうに寒い大地だからこそ、人を熱く想う。

人々は、この氷の、そして華麗な大地に夢を馳《は》せる。情熱的な恋、恋人への想いを。

……いなくなった酒井は、この地で何を夢見たのだろうか。

吉永は表情を引き締める。

彼にとっては、ロマンも夢も、自らの安全を奪うものでしかなかった。

彼がいなくなって二週間、すでに命はないだろうというのが、本部の見解だ。

吉永も、彼が生きているという期待を抱いてはいない。だが、彼も刑事だ。何かの犯罪に巻き込まれているのなら、彼の持っている情報が敵に利益をもたらすことを本部は懸念している。

こういう時、吉永は自分を取り巻く状況の厳しさを感じる。自らの保身のために、組織は動く。都合のいい人間が大切にされ、そうでなければ容赦なく切り捨てられる。

それは、一般企業の組織だけではなく、人間関係においても同じことが言えるのかもしれない。

だが、人を大切にしない企業や組織は滅びる。それは吉永の持論だ。

「おっと、呼び出しだ」

セルゲイが胸ポケットの内側を押さえる。

「一旦、支局に戻らなけりゃならない。君はどうする?」

「もう少し、ここにいる。忙しい中、案内してくれてありがとう。悪かったな」

吉永が言えば、セルゲイが軽く頭を下げた。背を向けると、慌しくホールを出ていく。

(これがたぶん…重要な手がかりになる)

セルゲイがしたように、吉永は胸ポケットを押さえた。

そこには、吉永が日本から持参した「あるもの」が納めてある。

ブレスレットだ。陶器でできたバングルタイプになっていて、その表面には模様が美しく描かれている。ただ、留め金の部分で二つに割れており、半分はない。

吉永が持つのは、バングルの半分だけだ。

元ロシアの皇帝御用達《ごようたし》の宝石工房、ファベルジェの制作したものというところまでは分かった。

クレムリンの武器庫にも展示してあるロイヤルイースターエッグ、それもファベルジェが作成したものだ。眺めて楽しむエッグと違い、ブレスレットならばずっと身につけていられる。陶器の部分には波状の模様があり、中央ではなく端の部分にエメラルドが一粒、埋め込まれていた。

バランスが悪い配置だと思ったが、こういうデザインだと言われれば、それも納得する。

高価なものだろうに、これがなぜ片方だけになり、日本に、そして酒井を経て吉永のもとに来たのだろうか。

片方だけのブレスレットに、まるで恋人同士が引き裂かれたような、そんな心もとなさを覚えた。早くもう片方を見つけて欲しい、そう訴えているような気がする。

なぜなら、ブレスレットには表の波状の模様とは別に、内側にある言葉が刻まれていたからだ。

『我が息子に捧ぐ』

それは、はっきりと分かった。

その言葉が、公に結ばれない二人の、秘密の結晶に捧げられる言葉だとしたら。

皇帝一家の肖像画の前で、立ち止まっていた酒井。

それらの断片が、酒井の失踪《しっそう》に重要な手がかりを持つとは思っても、答えに辿《たど》り着くのはなかなか難しそうだ。

たぶん、もう半分はこの地にある。それは、直感だった。

バーで酔いの回った酒井が、休暇でロシアを訪れる直前に、吉永に洩らした。

――そうだな。お前に預けておく。俺が持っているより安心かもしれない。

――駄目ですよ、酒井先輩、大切なものなんでしょう?

大切なものを他人に託す。それはすでに、酒井の身に危険が迫っていたことに他ならない。それになぜ気づかなかったのか。そしてなぜ、あの時、危険な真似《まね》はやめろと、きつく酒井を止めなかったのか。

吉永は拳《こぶし》を握りしめた。自分の責任感において、彼を守れなかったことが許せない。

酒井はこれを自分に託し、いったい何を自分にして欲しかったのだろう。

これはいったい、どんな意味を持つものなのだろう。

そして、もう半分はどこにあるのだろう。

謎ばかりが、深まっていく。

……もしかしたら、これを持っていることが、生死を分けるほどの重要なことなのかもしれない。命を落とすほどの。

もし、酒井が殺されたのだとしたら、この地のどこかに殺人犯がいる。

顔が、緊張に強張《こわば》るのが分かった。その時、数人の足音が、吉永の背後にばたばたと近づく。

「おい」

「っ!!」

彼らが呼び止めたのは、吉永だった。まさか彼らの用件が自分にあるとは思わず、吉永は驚く。警備員の制服を着た男たちの中央に、中年の男性が立っている。彼らは皆、迫力を漲らせていた。

「なんですか?」

「…こっちへ来るんだ」

中央の男性が、吉永に声をかける。依頼ではなく命令だった。

「なぜです?」

「それを言う必要はない」

一方的に切り捨てられる。

「だとしたら、納得できないな。理由を言え」

迫力のある強面《こわもて》を従えながら、相手も拒絶を受けるとは思わなかったのだろう。

正義感を、時に自分の危険よりも優先させる。それは吉永の悪い癖だ。分かっていても、生来の性質は、そう易々《やすやす》とは変えられない。

面食らった様子を見せながらも、男はちらりと背後の警備員を見やる。ず…っと一歩前に足を進めると、警備員の一人が吉永の腕を掴む。ホールの隅に座り、部屋を監視している初老の女性は、部屋の中で起こっている出来事に気づいているだろうに、なんの反応も見せない。

(ということは、美術館関係者か、政府関係者か?)

吉永も、任務以外で騒ぎを起こすつもりはない。まずは友好的に事を進めたい。

話せば分かる相手であろうという期待を込めて、吉永は肩を竦《すく》めながら言った。

「失礼しました。俺はこういう者です。身分証を取り出しますから、内ポケットに手を入れてもいいですか?」

「私がやろう」

中央の男性は、吉永の自由にさせるつもりはないらしい。仕方なく両手を上げ、吉永は抵抗の意思がないことを示す。男性は吉永の内ポケットに手を伸ばした。中を探り、身分証を取り出す。身分証に引きずられて、陶器のブレスレットが床に落ちた。

(……っ!!)

吉永はひやりとなる。けれど、男性は落ちたブレスレットはそのままに、手の中の身分証を開いた。

どうやら、彼が興味があるのは吉永の身分だけのようだ。ブレスレットではないらしい。

わずかに、安堵《あんど》する気持ちが込み上げる。

「刑事?」

「…ああ」

身分証を取り上げた彼は、中を閉じると、つまらなそうに吉永の胸元に戻す。突き返すように押し戻され、吉永は胸元でそれを受け取った。

「私はここの館長だ。ここに立ち止まったまま動かない怪しい人物がいると、警備員から報告を受けた以上、調べないわけにはいかなくてね」

（あ…っ）

吉永は部屋の隅の女性を見た。彼女はうつむいたまま、吉永と目を合わせようとはしない。

「申し訳ありません。その、この絵が気に入りまして」

苦しい言い訳かもしれない。館長は胡乱《うろん》な目つきで、吉永を眺めた。だが、身分を確かめたことで、とりあえず疑惑は晴れたらしい。

「疑われるような行動は慎んだほうがいいですよ」

忠告を与えると、館長は来た時と同じように、警備員を連れてその場を後にする。

彼らの姿が完全に見えなくなると、吉永は舌を打った。

「くそ…っ。絵画の魅力に浸っていた余韻も台無しじゃないか。って、俺も絵を見に来たわけじゃないが」

吉永は肩を竦めると、床に落ちて転がったブレスレットを拾うために足を踏み出す。吉永が拾う前に、それは別の手によって拾い上げられてしまう。

「すみません、どうも……」

頭を上げて拾ってくれた人物を見た時、思わず吉永の動きが止まった。

そこには、今までに見たこともないような美形が立っていた。

（すごいな……、これは）

内心でひやかしの口笛を吹いてしまいそうだった。

冬の凍《い》てついた大地の夜を思わせる深い色の髪に、頼もしい長身、そして官能的な口唇《くちびる》。

獣のような鋭い眼光に、胸を射抜かれる。威風堂々とした肉惑的な魅力を、存分に放っていた。

それは男として、最高の褒め言葉かもしれない。

口に出しては言わないが、吉永がこうありたい男性像としての理想が、現実の人物として自分の前に立っている。

すぐに手渡してくれるものと、吉永は信じて疑わなかった。だが、彼は違った。

彼は手の中のものを凝視しながら、吉永を見て、驚いた様子だった。

それだけではない。

彼が吉永を見る目は、限りなく冷たい……。

なぜかむっとしたような気配をたたえている。彼に、不愉快さを感じさせるような真似を、自分はしたのだろうか。

深い困惑に突き落とされる。

「あの」

「これを、どこで手に入れた?」

(っ!!)

吉永の身体に、衝撃が走る。

この男は、このブレスレットがなんであるかを知っている。

「あんたこそ、このブレスレットが何かを知っているようだな」

吉永は身構える。

酒井は姿を消したのだ。もしかしたら、消されているかもしれない。

目の前の官能的な男は、酒井を殺した犯人かもしれない。

「返せ。それは俺のものだ。素直に渡さなければ、俺にも考えがある」

吉永は腕には自信がある。それに、先ほどの館長はブレスレットが吉永の胸ポケットから落ちたということを見ている。吉永のものを、目の前の男が拾い上げ、返さないのだと言えば、吉永の言うことを信じるだろう。

「俺にも考えがある、か。人を見て、ものを言ったほうがいい」

まっすぐに、彼が表情もなく吉永を見やった。

冷たい瞳《ひとみ》が、吉永の胸を射抜く。

(——っ!)

ぞくり、と全身が総毛立つ。心臓が凍りつく心地を味わう。

（なんだこの男は……）

今までどんな危険な場所に潜入しても感じなかった恐れ、それが初めて、吉永の背を突き上げた。

一睨《ひとにら》みで抵抗を奪うような迫力。そんな人物に出会ったのは、目の前の男が初めてだ。

「返せ…！」

吉永が男の手に摑みかかる。すると、男は目の端で、部屋の隅の女性が手の中の警報ボタンを押すのを捉《とら》えた。

「面倒な奴だな。…来るんだ」

男は吉永の手を躱《かわ》すと、吉永の肩ごと胸元に抱き寄せる。

「何するんだ！」

「警備員がまたやってくる。今度こそ、お前の稚拙《ちせつ》な言い訳は通用しなくなる。この国はまだ国家権力が幅を利かせている上、面倒な手続きも多い。騒ぎを起こしたと、捕まりたいか？　当分、留置場から出られなくなるぞ」

ぐう、と吉永は詰まる。活きの良さからつい出すぎた真似をして、吉永は始末書を書くことも多い。本部の上司が、身元引き受け人としてここまで来ることになったら。上司の小言が頭に浮かぶ。

「あんたが、ブレスレットを素直に返せば…！」

「さっさと来い。騒ぎを起こす前に、いなくなるのが一番だ。彼らも、面倒は起こしたくないと思っている」

腹立たしい思いをしながらも、吉永は男の力強い腕に抱きとめられ、引きずられてしまう。抱きかかえられる体勢に、わずかな屈辱を覚える。吉永も身長が低いほうではないと思っていたが、男のほうがずっと高い。しかも圧倒的な体格の良さに、吉永は彼の胸にすっぽりと埋まってしまう。

引きずる腕は力強く、吉永といえども振り解《ほど》けない。

「おい！　離せ！」

彼の意のままに引きずられていくのが悔しい。男は吉永を、すぐ隣の小部屋へと引きずり込んだ。

そこは一面の青い光が空間を満たしていた。壁に張り付いたガラスのショーケースには、青いベルベットが敷かれ、いくつもの段上にはブローチやティアラ、宝石類が美しく並べられている。

それらがライトアップされ、光り輝いていた。

中でも目を引くのは、それらの宝石が飾られた棚の一部を占める、ブレスレットだ。

「これは……」

「返して欲しいなら、これをどこで手に入れたか言え」

「うっ！」

吉永が構える前に、男が吉永の背を壁に押し当てる。

「乱暴な…っ」

衝撃に背を強く打ち、思わず苦痛に顔を歪《ゆが》めた。

「く…っ。あんたが、なぜこれをそんなに欲しがるのか、言うのが先だ」

壁を伝い、背がずるりと落ちていく。強がっても、彼のほうが強いのは認めざるをえない。

(なぜこの男、こんなに強いんだ…?)

素人らしからぬ振る舞いに、吉永は戸惑《とまど》う。

崩れ落ちそうになる身体を、男が支える。彼の腕に抱かれるような体勢になり、吉永は逞《たくま》しい身体を押しのけようと試みる。

「相手の実力を見抜けず、ただ突っかかるようでは、まだまだだな」

「あう…っ！」

男が、吉永の両肩を掴んだ。身体を引きずり上げられ、肩を壁に押さえつけられる。

背をきつく押し当てられ、男の身体と壁に挟み込まれる。

彼の身体が密着し、吉永は息苦しさに喘《あえ》いだ。

「さっさと言え。そうすれば、お前を解放してやってもいい」

「だ、れが…っ」

命令し慣れた態度だった。相手より、己を優先させるのが当然だと思っている。

誰《だれ》が言うものか。吉永は抵抗した。

それに、言えば、もしかしたら――殺されるかもしれない。

吉永が持っている情報、それは自分の命綱になるかもしれない。

逆にそれは、この傲慢《ごうまん》な男の、弱点ともなりうる。

吉永は苦しい息のもと、男を見上げ、睨みつけた。

「一筋縄ではいかないようだ」

「…そっちもな」

吉永は言い返す。すると、男は吉永の襟首を掴む。

「ぐう…っ」

首を締めつけられ、吉永は苦痛に喘いだ。身体を壁に押しつけられ、息が詰まり苦しくてたまらない。男の足が吉永の膝《ひざ》を割り、吉永の身体が崩れ落ちることを許さない。

彼の下肢が当たる。思わずその感触に、吉永は頬《ほお》を赤らめた。

気色悪さを感じて当然なのに、目の前のあまりの美形ぶりに、妖《あや》しい気持ちが呼び起こされる。

殺されるかもしれない緊迫感が、奇妙な高揚感を煽《あお》るのだ。

(つっ…、この……)

吉永のその反応に、男は初めて口の端を上げた。

「無鉄砲さと無知は、時に己の身を危うくするものだな。先に答えるんだ」

男は吉永の持っている情報を、引き出そうとする。だがそれは、吉永にとって己の身を守る砦《とりで》だ。そう易々と差し出すわけにはいかない。

男が、鋭い瞳で吉永を見下ろしている。吐息が触れるほどに近く、彼の顔が近づく。

その瞳の力強さに囚《とら》われそうになる。

目を逸《そ》らすことは許されない。命令されたわけではないのに、彼から逃げることは許されないのだ。そんな気にさせられる。

生まれながらに持つ人を平伏させる力。それを男から感じた。

自然と、彼にはそれが身についている。

吉永は公僕だ。仕事とあらばどんな場所にも出向く。人が嫌がることもしなければならない。勤め人として、上に頭を下げ続けることもしてきた。

それが、目の前の男はどうだろう。

支配者と支配される者、純然たる区別が、目の前に横たわる。

憧《あこが》れても、生まれながらの支配者としての力と傲慢さは、吉永には身につけられないだろうし、振る舞おうとしてもできそうもない。

「この、…っ、ふざけるな…っ！」

吉永はもがいた。渾身《こんしん》の力を込めてもがくのに、男は平然としている。

「美術館では騒いではいけないと、習わなかったのか？」

「何!?」

「静かにしないと、無理やり口唇を閉じさせるぞ」

長い指先が、顎《あご》を捕える。彼の視線が吉永の口唇を見つめ、妖しい気持ちに背筋がざわめく。

こんな……。男の口唇を見て、官能的な気分を呼び起こされるなんて。

「馬鹿じゃないのか?」

吉永は言った。なんとかこの男の身体を突き放そうとするのに、なぜか、彼には隙《すき》がない。力の差、そういったものをこの男からは嫌というほど思い知らされる。

その時、小部屋の外が足音で騒がしくなる。

先ほど、吉永に注意をした警備員たちの足音にそっくりだ。

「おい…！　この男を…！」

吉永は小部屋の外を見ながら、声を張り上げる。

警備員たちは吉永の身分を知っている。

この男よりは怪しくないだろう。プロとして他人に助けを求めるのは不本意だが、この際仕方がない。この男をやりこめるのは、この場をしのいでからだ。

警備員たちの足音が、小部屋のすぐ外に近づく。

「こっちだ！」

吉永が呼ぶと、男は不本意そうに言った。

「仕方ないな。面倒なことを」

男は言い捨てる。それはいきなりだった。

意外すぎる男の行動に、吉永は目を剝《む》く。

（な…っ…、う、うむ…っ）

吉永の顎が、骨太の指にすくい取られる。彼が覆いかぶさるようにして、吉永の口唇を奪っていた。

（この男、…っ）

男に口づけて平気なのだろうか。それに信じられないのは、己の反応だ。彼が深い口づけを仕掛けてきた時、吐き気どころか下肢に熱いものが灯《とも》ったような気がしたのだ。

「ん、ん…っ…」

男の口づけは巧みだった。くちゅ…っと唾液《だえき》の混じり合う音が響く。

「んっ、んん…っ！　んんんっ！」

吉永は男の胸を押し返そうともがく。突っぱねようとしてもびくともしない。仕方なく、吉永は彼の背に腕を回した。その上着に手をかけると、引き上げる。引き離そうとするが、それでも駄目だった。

「んっ…」

その間も、男の舌は縦横無尽に口腔《こうこう》を這《は》い回っている。好き勝手に動き、吉永の官能を煽るように、激しく舌を絡み合わせてくる。

口唇を逃がせば塞《ふさ》がれ、背ける顔を追い続けられる。息つく間もない、激しい口づけだった。舌が絡み合い、唾液を吸われ、ねっとりと口唇を塞がれる。

今までにこんなに激しい口づけを、吉永はかわしたことはなかった。

獣が絡み合うような、激しさだった。口づけというよりも、相手を捻《ね》じ伏せる暴力としての手段だ。そこに甘さがあれば口づけと言ってもいいだろうが、これは単に、相手の意思を奪うためだけの行為にすぎない。

(苦し……っ)

息を取り込むこともできず、吉永は苦しさに喘ぐ。身体から力が抜けていく。

「何か用か?」

「これは、…コズイレフさん」

「あ……」

男が身体を離していたことに、吉永は気づかなかった。

(俺は…!)

それほどに、男の仕掛けた手段に、翻弄《ほんろう》されていたということを知る。

吉永は普段は絶対に隙は作らない。常に神経を張り巡らして、仕事にあたる。

なのに、今は声をかけられるまで、口唇が離れたことに気づかなかったなんて。

「驚かせないでくださいよ」

警備員とともに、館長が苦々しい顔をして立っていた。

(知り合い…?)

名前を呼びかけたところからも、彼とは顔見知りらしい。

ならば、館長に助けを求めこの男の非礼を告げても、味方してもらえるどころか不審者として認識されるのは、吉永のほうだ。

「さっきは迷惑をかけてすまなかったな」

「いえいえ。コズイレフさんのお知り合いなら、そうおっしゃっていただければよかったのに」

館長は吉永にまで頭を下げてみせる。その態度は先ほどとは打って変わって友好的だ。

そこには、薄っぺらい人間の媚《こび》が見えた。

館長ほどの男に頭を下げさせる立場の人間、この男はいったい何者なのだろう……?

吉永は、彼らのやり取りを呆然《ぼうぜん》としたまま眺めた。

「美術館でデートというのはかまいませんが、他の観光客もいます。その…仲がいいことは羨《うらや》ましいことですが、あまり見せつけないでいただけると……」

「ああ。続きは家に帰ってからにしよう」

(っ!)

思わず抗議の声を上げそうになる。だが、男は素早く言った。

「彼の疑いは晴れたか？　拘束しないで欲しい。三日も四日も連れていかれては私も困るのでね」

言いながら、男は吉永を瞬《まばた》きもせずに見下ろした。

その言葉の含む意味に、吉永は気づく。

ここで彼の演技に従い早く解放されるのを選ぶか、それとも、彼に逆らい引き渡されることを選ぶか、どちらが得か、男は示唆しているのだ。

それは、脅迫だった。

吉永は黙り込む。

「では……」

館長が警備員を従えて二人に背を向ける。

「私はお前を守ってやったと思うが」

嫌な借りができたものだ。

「守ってくれと頼んだわけじゃない」

吉永は言い返す。

まだ、ブレスレットの謎は解けてはいない。

この男と関《かか》わり合うのは不本意だが、今は、彼しか酒井の足取りを探る手がかりはない。

「どうやらお前は結構、骨がありそうだ」

至近距離から繰り出された拳に、吉永は咄嗟《とっさ》に反応できなかった。彼の手段に、翻弄されていたせいかもしれない。

（なっ……）

男の拳が、みぞおちにめり込む。

相手が素人だという油断が、吉永にもあったかもしれない。

それと、…キスで毒気を抜かれていたことと。

「このままにはしておけないな」

そう呟くのを、吉永は倒れ込みながら聞いた気がした。


（熱…い…）

そして、くすぐったい。肌の上を、何かが這い回る。そこから甘い感覚が込み上げる。

「気づいたか？」

「なっ…」

吉永は目を覚ます。胸をはだけられているのが目に入った。

「何を…っ」

起き上がろうとして、身体の自由がきかないことに気づく。

両手は背後で拘束されていた。足は縛られてはいない。

「おい！　何を…！」

両手首を縛りつけられ、ベッドの上に横たえられていた。しかも、胸をはだけられているなんて。

「他に武器を持っていないか、調べさせてもらっただけだ」

頬が紅潮するが、男は平然としている。

調べていただけ、と言われて、吉永はわずかに安堵する。

それは当然だろう。なのにどうして、身体はこんなに昂《たか》ぶっているのだろう。

吉永が不安そうな顔をすると、男は言った。

「吉永雄介、か。まさか日本の刑事だとはな」

どうやら気を失っている間に、身分を調べられたらしい。

「お前は？」

「アレクセイ・コズイレフ。この地でいろいろと事業を営んでいる」

男はあっさりと名乗った。

「へえ…俺は、いったい…」

身体に這い上がる甘さ…それに戸惑いながら彼を見上げる。

「期待に応《こた》えてやろうか？」

アレクセイが笑う。掌《てのひら》が這う。鮮やかな手つきで、吉永のベルトを引き抜く。

（あ……）

吉永は驚く。

（ただ調べていただけじゃ、ないじゃないか…っ）

軽い興奮を感じるこの身体は、いったいなんなのだろう。

「どうしてこのブレスレットを持っている？」

アレクセイは手元にブレスレットを持ち、吉永に見せつけた。

「それは…」

相手が敵か味方か分からない以上、それを口外してしまうのはためらわれた。

すると、その心情を見透かしたように、アレクセイが言う。

「私も、お前が敵か味方か分からない。だが、これは私のものだ。私の宝物庫から盗まれたものだ」

このブレスレットの本当の持ち主は、目の前の男…？

だとしたら、酒井のほうがこれを盗んだ、ということだろうか？

（酒井さんが、そんなことをするはずがない）

けれど、何かの弾みで手に入れたということはあったかもしれない。

「どうやってこれを手に入れた？」

いったい…。

これはなんの意味を持つものなのか。

だが、目の前の男も、嘘《うそ》はついていない。

そんな気がした。

「俺はただ、この場所で消息を絶った先輩を、捜しに来ただけだ…！」

吉永の答えは、アレクセイにとっては意外なものだったらしい。

「それでなぜ、お前がこのブレスレットを持っている？」

「彼を捜すために、必要だと思ったからだ。返せ…！　それがあんたのものだという証拠はあるのか？」

吉永は言い返す。この程度なら言ってもいい気がした。

「こんな状況だというのに、威勢がいい奴だな」

アレクセイが笑った。彼が吉永の上に重なってくる。

吉永の背筋が戦慄《おのの》く。

「どうやらお前は、苦痛には強いようだ。お前のような奴は、苦痛を与えれば、余計に頑《かたく》なになるだけだろう。だったら、どうしたら素直に言う気になるかな？」

アレクセイの舌が、吉永の首筋を舐《な》めた。

はっきりと分かった。

今自分は、男の情欲の捌《は》け口に、なろうとしている。

「おい……！　やめろ！　やめろ……！」

本気だ。男に抱かれる、そんな信じられないことが、現実になろうとしている。

吉永は抵抗した。だが彼の強さは、先ほどいやというほど分からされている。

力では敵《かな》わない。

「俺は……！　そのブレスレットを俺に渡したまま、いなくなった先輩を捜しているだけだ！　それが何を指すかなんて、知らない！」

必死だった。

「本当か？」

「ああ！」

吉永が言った。しばらくの間、彼は吉永を見下ろしていた。吉永の言葉を、図りかねているようだった。

吉永は見つめてくる男を、まっすぐに見返す。

己の保身のために、謎を明け渡すことはしない。

吉永にとっては、酒井の行方を調べるのが最優先だ。

酒井との会話までは、明かすつもりはない。すると、アレクセイは言った。

「気に入った。お前の先輩とやらを捜す手伝いをしてやる。その代わり」

（あ…）

彼の顔が近づく。

痺《しび》れるような、キス。これで二度目だ。

官能の淵《ふち》に突き落とす手段だ。

吉永から抵抗を奪う口づけを与えると、アレクセイは口唇を離した。

「なんで、俺にこんな…？」

「退屈しのぎだ」

（っ！）

「私は威勢のいい男は嫌いじゃない。私に歯向かってくるような活きのいい奴は、この国にはいない。面白いと思っていたところだ」

吉永が横たわるのは豪奢《ごうしゃ》なベッドだ。まるで、エカテリーナ女帝が使っていたような。

「私のものになれば、手に入らないものはない。分かるだろう？　私のものになれば、このロシアでお前の先輩とやらの行方を捜すのにも、きっと役に立てる」

「あんたは、いったい何者なんだ…？」

確かに、彼とともに行動すれば、謎に答えが与えられるかもしれない。

「まずは私の欲望を満足させろ。今はブレスレットは私のもとにある。それと、ブレスレットは引き換えだ」

返して欲しいなら、この男のものに。

酒井の行方を探るために。

「私が誰だか知らないで、喧嘩《けんか》を売ったのか？」

ふっとアレクセイが笑った。魅惑的な表情に、目が釘《くぎ》づけになる。

熱に、浮かされていたのかもしれない。

彼を取り巻く魔力のようなものに、惑わされていく。

なぜか、身体が動かない。彼が衣服を脱ぐのを、呆然と眺める。

「なんで、あんたなんかに許可を求める必要があるんだ？　ブレスレットは俺のものだ。俺が預かったものなんだから」

「お前が持っていてもいい。無理やり奪うことは考えていない。その代わり、そのブレスレットごと、お前を奪う」

勝手な物言いが、吉永の耳を貫く。

「そんな…っ」

逞しい裸体だった。

「やめ、やめろ…っ！」

熱に浮かされていたとはいえ、男に抱かれるなんて、想像したこともない。

「後で分かる」

そして、熱い身体が、縛りつけられ拘束された吉永の上に重なった。

「気持ちよくさせてやる……」

(あ…ッ…)

とっくに、吉永の身体は熱く燃えていた。下肢が卑猥《ひわい》にくねり出す。強烈な疼《うず》きに支配され、全身を快楽という名の小波《さざなみ》が、絶え間なしに襲う。

(俺は…なんで…)

下肢が電流を流されたように、びりびりと痺れる。出会ったばかりの他人の男の手に胸を弄《いじ》られ、肉茎を熱く燃え立たせているなど、信じられない。

吉永が気を失っている間に、目の前の男は、いったいどんなことを吉永の身体に施したのだろう。

先ほど、ぐったりと四肢を投げ出していた時、肌の上を這っていたくすぐったさを思い出す。すでに目の前の男に、嬲《なぶ》られていたのだろうか……?

「力を抜け。素直に感じていればいい」

アレクセイの声が、吉永の鼓膜を震わせる。ぞくりと背が戦慄いた。

（なんて声だ…）

低い声は官能的で、吐息混じりに囁《ささや》かれると、身体の芯《しん》が疼くのだ。ずきん、と強烈な疼きが茎に生まれ、もぞりと吉永は膝を揺らめかせる。すると、吉永の反応を見下ろし、アレクセイは大きな掌で吉永の胸全体を揉《も》み回した。恥ずかしくて、身をよじる。四肢全体で、アレクセイの身体を押し戻そうともしてみた。だが、硬い筋肉のついた身体は逞しく、びくともしない。

「あッ…！」

自分の上げた声に驚く。それは甘く媚を売るような気配を孕《はら》んでいた。男の愛撫《あいぶ》に身を任せ、嬌声《きょうせい》を上げるなど、自分の反応が厭《いと》わしい。しかも、胸を掌で包み込まれ、全体を揉みしだかれ、たまに人差し指の腹で尖《とが》りを押し潰《つぶ》されても、嫌悪感を感じるどころか、甘い陶酔感が胸に流れ込むばかりだ。くりくり…っと、人差し指が、突起を押し潰しながら捏《こ》ね回した。

（あ…っ、すご…っ…）

こんな部分が、感じるなんて…。じん…と強烈な射精感が込み上げ、先端がひやりとする。

（あ、俺……）

とろりと蜜《みつ》が茎を伝い落ちる感触がした。胸を弄られただけで、すでに固芯は悦《よろこ》びの蜜を溢《あふ》れさせている。

「…そのうち、胸を弄っただけで、達《い》けるようにしてやろう」

「そん、な…っ、あ。いやだ…」

胸を弄っただけで……。淫靡《いんび》な誘惑を拒絶する。けれど、咽喉《のど》は期待に鳴った。心を身体が裏切った瞬間だった。それほどに、胸に与えられる手淫《しゅいん》は巧みで、吉永の理性を陥落させる。ここには、仕事で来たというのに。

「もう、そこ、ばかり…、や、やめ…っ」

「そうか？　だったらここをもっと弄ってやる」

「やめろ…！」

そう言いながらも、下肢はずきん…と強く疼いた。

もっと酷《ひど》くして欲しい。そんな恥ずかしい欲求に、頭の中が塗り潰されていく。

こんな男に抱かれてなるものか。

そう思うのに、彼の巧みな愛撫が吉永から抵抗を奪う。

吉永が喘ぎ、わけが分からなくなった後、下肢を灼熱《しゃくねつ》の凄《すさ》まじい質感が引き裂いた。

*

アレクセイは、自らの傍らに身を横たえる吉永を見た。深い寝息を立てている。

一度では済まさなかった。抵抗する気力を奪い、気を失うまで、アレクセイは彼を責め立てたのだ。

どうやらこの分では、あのブレスレットが本当はどんな意味を持つものなのか、知らなそうだ。

アレクセイは吉永を起こさないように、そっと寝室を出る。

「恐れ入ります」

寝室から出たすぐの場所にある書斎に、部下が待っていた。遠慮がちに声をかけられ、アレクセイは寝室の扉を閉めた。まだ日が落ちないうちから抱き合ったせいで、時刻は深夜には程遠い。部下が声をかけるのに遠慮する時間でもない。

「報告は？」

「はい。ガスパージン吉永が刑事だということは、裏づけが取れました。ここには直属の上司である酒井、彼が失踪した足取りを追って、やってきたようです」

本当に刑事だったのか。少年らしさを残した素直な性質は闊達《かったつ》で、まっすぐに育った者特有の、育ちの良さを思わせた。

まず人を気遣い、上司を気遣い、そのために自分を犠牲にしてもいい潔さを持っている。どんな危険も厭わず飛び込んでいく勇気を持つ。

さぞかし日本では、周囲の人間に好かれただろう。

それが、自分と出会ったばかりに、男に抱かれる破目になった。

アレクセイは口元に笑みを浮かべる。吉永には見せなかった、企《たくら》みを伴った笑みだ。一筋縄ではいかない気配を思わせる。

吉永の身体の温《ぬく》もりは、アレクセイの掌にまだはっきりと残っている。

『あ…っ、アレクセイ…っ、あ、ああ』

『どうなってるんだ？　私のものは、お前の中でどうなっている？』

『中で、動いて……。あ、すご、い熱い。そんなに、突かないで、くれ…ッ』

『説得力がないな。ここをこんなに勃《た》たせていて、ん？』

『ああ。い、いい。そこ、もっと…っ！』

最後のほうは身体をうずうずに蕩《とろ》けさせ、吉永は乱れに乱れた。

吉永は男を知らなかった。まっさらな身体に興奮を覚え、アレクセイは男に抱かれる官能を植えつけるように抱いた。

一度では済まさず、初めての身体に何度も挑む真似をした。それには、吉永が気概を持った気の強い男だったというのも、災いしたのかもしれない。

優しく慣らしてやるようなことは、一切しなかった。

そして、幾度目かの突きに、吉永は陥落した。

歯を食いしばりながら受け入れた初めての挿入を思い出せば、それから数時間後、大きく足を開いて自ら誘い、男を咥《くわ》え込むようになった今は、数段進歩したと言える。

そんなふうに吉永の身体を、男に抱かれて快楽に喘ぐようにしたのが自分だと思えば、満足感が込み上げる。

年齢はパスポートを調べてみると、二十五だった。だがまだ少年ぽさを残した肢体に、くるくる変わる表情はとても二十五には見えない。そして、危険と隣り合わせの、インターポールの刑事だとも。

自分と関わり合いを持った吉永が可哀相《かわいそう》だとも思うが、彼も充分楽しんだはずだ。

吉永の身体と反応を思い出し、つい身体の芯を熱くしてしまうと、部下が心配そうにアレクセイの顔色をうかがっていた。

「あの…？」

「いや、なんでもない」

内心でアレクセイは苦笑する。

いけない。つい、あの身体に溺《おぼ》れてしまいそうになった。しっかりと運動し、引き締まった筋肉のついた身体に。それが貫かれるたびに、若鮎《わかあゆ》のように背をしならせ、切なげに眉《まゆ》をひそめる……。

健康的な印象を与えるからこそ、男に貫かれて見せる儚《はかな》げでつらそうな風情は、より征服欲を満足させる。

男らしく清潔な容姿、それが男の下であれほどの痴態を演じるとは。

日本ではさぞや女性にもてただろう。普通の警察官だったなら、交番にいるのが似合いそうだ。

「それで？」

アレクセイが先を促せば、部下は答えた。

「実は、ガスパージン吉永が美術館に何度か足を運んでいたせいで、彼の行動はすでに疑惑を持たれています。彼の行方を、KGB《カーゲーベー》が独自に捜しているようです」

「KGBが？」

KGBと聞いて、まず浮かんだのは、『ある男』の顔だ。味方にすればこれほど有益な男もいないが、敵にすればやっかいな男だ。

冬のロシアの夜は長い。

もう一度、吉永を起こして、彼を楽しむのもいいかもしれない。

彼は嫌がるかもしれないが、それは始めのうちだけだ。

アレクセイが優しくキスを繰り返せば、身体を従順に開いていく。

男に抱かれるセックスの味を知ったばかりの身体が、欲情を堪《こら》えきれるわけもない。

彼を溺れさせるつもりで、自分が彼に嵌《は》まりそうだ。その危険性に、あえてアレクセイは蓋《ふた》をした。


「んっ、あ、あ」

吉永がアレクセイの身体の下で啼《な》いている。身体はすでにぐったりとなり、自らの意思で指を動かすのもつらそうだ。分かっていて、アレクセイは吉永に剛棒を突き入れている。

「も、ま、だ…かよっ？」

「ああ。お前の中は気持ちがいい。もっと味わわせろ。お前も楽しんでいるだろう？」

「身が、もたな…っ」

吉永が逃げようと腰をくねらせる。健康的な肢体からは想像もつかない淫靡な反応に、アレクセイのものが硬くなる。正面から抱き合い、アレクセイは腰を小刻みにして、激しい律動を何度も何度も送り込む。

「ああ。あ」

「こういう時はなんて言うんだ？」

「く…ぅ」

吉永は恥ずかしそうに瞳を伏せる。けれど、アレクセイの腰の動きに、素直に口を開く。

「い、…いい…ッ、あ。あ」

吉永の中がきゅう…っと締まった。蕩けるように熱い媚肉《びにく》は、何度も擦《こす》り上げたせいで、とっくに柔らかくほぐれ、アレクセイのものの形に馴染んでいる。

まだ男に抱かれるようになってから、それほど日は経っていないはずなのに、とっくにアレクセイの形を、吉永の秘部は覚えた。

――吉永はまだ、ブレスレットについて何かを知っている。

それを言うまでは、アレクセイは彼を解放するつもりはなかった。

口を割らせる手段として、手っ取り早く、アレクセイは彼を犯し続けた。

朝から晩まで、吉永がアレクセイから解放されるのは、気を失った一瞬だけだ。

それも、無理やり引き戻されることがほとんどだ。

部屋に閉じ込めて抱き続け、すでに三日が経っている。

三日でこれだけ男を咥え込めれば上出来だ。アレクセイはほくそ笑む。

「両足をもっと大きく開くんだ。そうすれば、もっとお前の奥を突いてやれる」

「んっ……」

吉永はおずおずと足を広げた。アレクセイは膝裏に掌を差し込むと、吉永がするよりもっと、大きく左右に開かせてしまう。足の付け根が軋《きし》むほどに大きく足を広げ、恥ずかしい格好をわざと吉永に取らせると、アレクセイはぎりぎりまで肉棒を引き抜く。

「雄介、今どんな格好をしているか、そしてどんな姿勢で何をされているのか、分かるか？」

訊《たず》ねれば、吉永がうっすらと目を開ける。

「ひ…っ」

アレクセイと目が合うとすぐに、吉永は顔を逸らした。恥ずかしげなその姿に、アレクセイのものが熱を増す。

アレクセイの口元に、笑みが浮かんだ。

「自分がどうされているんだ？　言うんだ、雄介。さもなければ、このままだぞ？」

口調はあくまでも優しく、けれど、強制を伴った声音で命じる。

吉永が顔を歪めた。その姿に、アレクセイは憐憫《れんびん》の情を呼び起こされる。けれど、それ以上に彼の肢体を貪《むさぼ》り、何もかもを自分のものにしたい気持ちが勝った。

動きを止めたままでいれば、先に音を上げるのは、弱い部分を貫かれている吉永のほうだ。

「あ…っ、俺、は今、あんたに、抱かれて……」

吉永が口を開く。

「それで？」

「両足を大きく広げ、て」

吉永の頬が羞恥《しゅうち》のあまり真っ赤に染まった。

「お前の大切な場所は、どうされている?」

「あっ、も、許して、くれ」

「駄目だ」

我ながら意地悪なことをしていると思う。だが、彼の清潔そうな目が自分だけを映し、淫《みだ》らに堕《お》ちる誘惑に、アレクセイは勝てなかった。

「あんたの、ものが、入って」

「入っているだけじゃないだろう?」

「出たり入ったり、して。あ…っ」

アレクセイはずるずるとわざと肉棒を蠢《うごめ》かし、挿入を見せつけた。

「そんないやらしいことをされているのに、感じているんだよな、お前は」

「やめろ。言わないで、くれ。あああ!」

力強い腰使いで一息に根元まで押し込めば、吉永が悲鳴を上げた。

「ああ。んん! は、あふ、ぅ。うう。も、っ…!」

抵抗の言葉を吐きながらも、吉永の表情はひどく甘い……。

それから、アレクセイは何度も吉永に淫らな言葉を強要した。吉永は自分がどれほどいやらしい格好をさせられ、そしてどんなふうに大切な部分が男を咥え込み貪っているのかも、事細かに説明させられた。

つらそうに顔を歪めながらも、吉永も欲情を募らせているのが、はっきりと分かった。言葉で責められるたびに、羞恥心を突き崩せないでいる吉永は、それが一層自らの欲望を昂めることに気づいていない。

「ああ。アレクセイ、ああ」

声に泣き声が混じり始める。限界が近いらしい。アレクセイも彼を泣くまで追いつめるのは本意ではない。そんな甘い感情など、アレクセイには無縁のはずだった。だが、彼にとって初めての男が自分だという感慨は、彼に甘い仕草を向けさせてしまうらしい。

眦に口唇を落とせば、吉永が自らアレクセイの首に腕を回した。

その身体を、しっかりと抱きしめる。

どちらからともなく口唇が近づき、吉永は素直に目を閉じる。

「ん、んん…っ」

ねっとりと口づけを交わす。欲望を遂げるだけでなく、深く口唇を合わせる。

口唇を明け渡す吉永に、アレクセイは充足感を覚えた。

口づけを解けば、狭間《はざま》に糸が引かれる。濃厚で欲情を煽るキスだ。

吉永の身体を、アレクセイは存分に楽しんだ。

「あ、あああ――……っ……」

彼が二度目に気を失うのを身体の下で見届けた時に、アレクセイの耳がかすかな振動音を捉えた。


アレクセイは男根を吉永の体内から引き抜く。気を失った吉永の眉が、わずかにひそめられた。振動音は床に落ちたアレクセイのジャケットから聞こえる。

上着を取り上げれば、携帯が着信を知らせていた。

着信の番号表示が出ない。海外からか、もしくは、操作がなされているかだ。

(誰だ…？)

部下でも数人しか知らない番号だ。表示が出ない着信は普段は出ないものの、今はアレクセイも吉永を引き込み、抱いている事情がある。

吉永は、あのブレスレットを所持していた。ブレスレットを吉永が所持していることが、何者かに気づかれたとしたら。その可能性がある限り、出ないわけにはいくまい。

「…私だ」

アレクセイは通話ボタンを押した。

「久しぶりだな」

聞こえてきたのは、アレクセイにとって旧知の人物の声だった。

別の学部だったが、彼とは同じ大学に通ったことがある。

卒業後の進路は、驚くほどかけ離れたものになったが。

「キエフか」

「覚えていてくれたんだな。光栄だ」

キエフ・アーヴェン。彼はＫＧＢの諜報員だ。アレクセイの独自の情報ファイルに彼の名を見つけた時、驚いたものだ。優秀だったが、その才能を諜報活動に使うとはアレクセイも思わなかった。自分も、ビジネスの交渉の場で腹の底が見えないと称されることがあるが、この男ほどではないだろう。

大学時代は女性にもてはやされる男らしい艶めいた容姿をしていたが、今はどうだろうか。彼とはしばらく会っていない。

「どうやってこの番号を調べた？」

「それは言えないことぐらい、君も分かっているだろう。だがその程度のことは簡単だ」

「そうだな。お前なら」

アレクセイは素直に納得する。

「そろそろ終わった頃かと思って、一応遠慮してかけたんだが。今、君がいるのは寝室か？　そばにいるのは君の新しい情人かな」

「そういう言い方はやめてもらおうか」

アレクセイ自身も吉永を淫らな言葉で追いつめてはいるが、他人に吉永のことを言われるのは不快だった。

「すまなかった。だが、図星だろう?」

くっくっ、とキエフが咽喉奥で笑う。

食えない奴だ。いったいどこまで、新しい情人、のことを調べ上げているのだろうか。

「それで?　わざわざ番号を調べてまで、お前が私に連絡を取ってきた理由は?　まさか私のベッドの行為に興味があって、かけてきたわけではないだろう」

「もちろん。ブレスレット——、この言葉で君は分かるかな?」

アレクセイは片目を細めた。この場にキエフがいなかったことが幸いだ。目いっぱい不快な表情をしているのを、見られなくて済む。

吉永があれだけ派手に行動し、ブレスレットの片割れの行方を捜していたのだ。

遅かれ早かれ、誰かに気づかれることになるだろうとは思っていたが、それがキエフだとは。

あのブレスレットは、アレクセイの最大の秘密を暴く。

「行方不明の上司を捜している刑事がいるそうじゃないか。それは君の身を危うくするものかな?」

含み笑いに、アレクセイは答えない。とっくにアレクセイが吉永を抱いていることを、見抜かれているかもしれない。

「さあな。そう思いたければ思えばいい」

「まあいい。こっちも素直に君が口を開くとは思っていない。だが、俺はともかく、上が黙っちゃいない」

上、とキエフは言うが、KGBは政府に所属する。現大統領も、元KGB所属というのは、有名な話だ。

政府は常日頃から、アレクセイの豊富な資金源を狙《ねら》っている。

昨今のロシアの景気の上昇率の凄まじさは、他国を圧倒するほどだ。その経済的成長の一端を担うのが、アレクセイたち新興実業家と呼ばれるビジネスマンたちだ。

彼らは西欧諸国と対等に渡り合い、時には圧倒する。自国に戻り還元した事業は、国を豊かにしたけれども、同時に、貧富の差という新たな社会問題を生んだ。

政府は税の徴収に躍起になり、その利権第一主義が国家の品格を損なうものとして、軍部の反感を買った。

国粋主義者である軍部と、西洋の資本を取り入れてでも儲《もう》け主義に走る政府との軋轢《あつれき》は、深まるばかりだ。

中でも、ロシア国内に油田や鉄鉱石のコンビナートまで持つアレクセイの資金源は、政府といえども無視できないほどの影響力を持つ。

政府も、軍部も、どちらもアレクセイを自分の陣地に引き入れたいと躍起になっている。

だからこそ、アレクセイも中立を保っていられるのだが。

(うるさいことになったものだ)

言いなりにならないアレクセイに焦《じ》れて、KGBも懐柔ではなく、今度は恐喝できるネタを用意し、接触を図ってきたということだろう。

もちろん、アレクセイは彼らに弱味を見せるような真似はしなかった。KGBが身辺を調査しても、アレクセイを強請《ゆす》れるものは見つからなかったと断言できる。

ただし、今までは。

「上は、君の豊富な資金源がどうしても欲しいらしい。俺は金には興味はないがね」

「まったく、わずらわしいことだ」

「そう言うな。彼らなりに国のためになると、信じているんだろうから」

国のためになると信じ、そのためなら何をしても許されると思っている。間違った正義感を振りかざし、周囲を傷つける人種を、アレクセイは軽蔑《けいべつ》する。

「彼らにとっては、それが世界のすべてなんだろうな」

大局を見ず、自分の知る世界だけが、すべてだと信じている。実際は、彼らの知る世界で出世しようがしまいが、権力を摑もうが摑むまいが、大局を知る人間にとっては、些細《ささい》なことにすぎない。もちろん、アレクセイにとっても、どうでもいいことだ。

アレクセイは、自分の足でしっかりとその場に立ち、自分の価値観で物事を決め、楽しむことができるからだ。

洗脳された彼らを、気の毒にも思った。

「お前も私の資金源を得たとして、見返りに何をもらう？」

「見返りなんか必要ないさ。俺はただ、今の仕事が性に合っている。成果を上げようとか、出世しようとか、そんなことは考えていない」

この男が食えないのは、そこだった。この任務に失敗したとしても、職を失う、やりがいを失う、生活を失う、そのどれもが彼の弱点にはなりえない。

彼は、自分の価値観だけで、動くからだ。

そういった点は、彼とアレクセイは似ているとも言える。

だが似て非なり、だ。大学時代は成績も評判も似通っていないこともないが、現在アレクセイは実業家として、キエフは諜報員として、互いに陽と陰の部分に生きている。

「私が理由もなくうなずくとでも？」

「もちろん、君に政府とKGBに協力してもらうためには、タダでとは言わない」

キエフは言葉を区切ると、もったいぶって言った。

「俺はあることから、ブレスレットの片方を手に入れてね。それと引き換えでは？」

「何？」

嫌な男の手に落ちたものだ。

「本当か？」

「信じる信じないは君の自由だ。だが実際、俺が持っている」

彼が力強く告げるからには、本当かもしれない。

「いい加減、政府についたらどうだ？」

「協力、援助という名のキャッシュマシーンか？　冗談じゃないな」

一度金を吐き出させられたら、死ぬまで搾取《さくしゅ》される。

「だが、軍部からも君を守ってやれる」

「保証はないし、守ってもらうことを必要とはしていない」

アレクセイには、ある「裏の顔」がある。

「まあいい。よく考えておいてくれ」

最初の接触から成功するとは、キエフも思っていないだろう。

電話は切られ、アレクセイは携帯の電源を落とし、ベッドへと戻る。

ＫＧＢもアレクセイにとっては脅威にはならない。

今は吉永と抱き合う時間を邪魔されないこと、そのほうがアレクセイには重要だった。

翌朝、アレクセイは吉永よりも早く起きて身支度を整える。

ベッドでは吉永がまだ、ぐっすり眠ったまま目を覚まさない。

さすがに、苛《さいな》みすぎただろうか。だが、吉永が可愛《かわい》らしい反応をするのが悪い。

一方的に彼のせいにすると、アレクセイはネクタイを締める。

少年らしさを残した元気のよさ、それが、抱かれている時だけは淫らに堕ちる。

その表情の落差が、アレクセイの興味を引きつける。

『やめろ…！　やめろっ!!』

すでに剛棒を突き入れられているというのに、抵抗をやめない威勢のよさ……それは、男の征服欲を満足させるだけだと、まだ気づかないのだろうか。

今日はどう彼を可愛がろうか、そう考えながら寝室から書斎に出たところで、部下が現れる。

「恐れ入ります。軍の人間が、アレクセイ様にお目にかかりたいと申しておりますが」

「断れ」

昨夜《ゆうべ》はＫＧＢで、今日は軍か。ＫＧＢが早速接触を試みたのを、軍がもう嗅《か》ぎつけたか、または偶然か。いずれにせよ、アレクセイには軍の人間にも会うつもりはなかった。

「それが、門の前にまで直接来ております」

部下は困りきったように告げる。アレクセイはアポイントメントも取っていない、招かれざる客には手厳しい。

「今日は予定は入れてないはずだが」

「そう言ってお断りしたのですが」

軍部の人間は、背後の権力をかさに着て、何をしても許されると思っている。ごり押しすれば相手が引っ込むと思っているのは、エリートらしい傲岸《ごうがん》さの特徴だ。

彼らは、部下を対等な人間だと思っていない。だから、相手を思いやらず無理な要求を突きつける。

「仕方ない。会おう」

「かしこまりました。応接室にお連れします」

「いや、いい。奥のほうの書斎に通せ」

寝室の横の書斎は、簡易に使っているものだ。奥に客も通せるような、広い書斎がある。客ではないのだから、応接室に通す必要はないだろう。

会ってみようと思ったのは、KGBが接触してきたように、軍部の狙いを探るためだ。

「あの、もしあの方が目が覚められたら、いかがしますか?」

言葉を濁しているが、ベッドにいる存在を言っているのだろう。

「別にここに留め置く必要はない。好きにさせろ。だが、家を出たら必ず、後を尾《つ》けろ」

「かしこまりました」

部下が深々と頭を下げる。

そろそろ吉永の身体も、男に抱かれるのに慣れてきている。彼が逃げる隙を虎視眈々《こしたんたん》と狙っているのに、アレクセイは気づいていた。

あの吉永のことだ。無理に閉じ込め、暴れられてはかなわない。

それに、アレクセイの部下のほうが、尾行などの任務に長《た》けていると、吉永を見てアレクセイは思った。

アレクセイも先に簡易の書斎を出ると、奥へと向かった。


「失礼いたします」

部下に伴われて、軍の人間が姿を現す。書斎で、アレクセイは彼を待った。

「失礼」

軽く頭を下げると、彼はまっすぐに前を向く。

「礼《れい》・イヴァン・入谷《いりや》です」

日本名の混ざった名を、彼は名乗った。ハーフだろうか。

（これは…）

アレクセイは片眉を上げた。

典型的なエリート美人だった。…男だったが。

彼は身分を殊更に誇示するように、軍の制服に身を包んでいた。アポイントメントを取っていない以上、身分を詮索《せんさく》されるより、分かりやすいほうがいいと判断したのかもしれない。

それとも制服の持つ効用、相手を威圧する雰囲気、それを纏《まと》い、交渉の場で相手を萎縮《いしゅく》させ優位に立とうとでもしているのかもしれない。

だが、彼の場合はその効用は意味をなさないだろう。

まっすぐな黒髪にやや吊《つ》り上がったきつい瞳は艶《つや》やかで、白い肌に映える。

年は二十代後半ぐらいだろうか。大人びた美しさは憂いを秘め、若さでは太刀打ちできない色気を、彼は放っていた。

制服を着ていることで、ストイックさが先に立つ。軍の制服は、特に禁欲的だ。遊興から自らを律し、かけ離れた精神を抱くからこそ、その欲望をかき立たせてみたくなる。

特に目の前の彼など、欲望を煽られる男が続出するだろう。

ただし、アレクセイの好みではなかったが。

気が強く一筋縄でいかないような美人より、もっと、感情に素直で可愛げがあるほうがいい。

分かりやすく、まっすぐで、直情的な。

その意味では、吉永などアレクセイの好みにぴったりだった。屈折した美人は、複雑で手がかかる。

大学時代の記憶を辿れば、この男など自分よりも、…そうだ、キエフの好みに近そうだ。

目の前の男はストイックすぎるほどに見え、欲情からは無縁にも思える。

（いや）

どうあっても、女性よりも男性のほうが人数が多い軍に所属しているのだ。女に餓えた男たちの餌食《えじき》に、とっくになっているかもしれない。ただ、彼の身を守るのは、その階級章だ。

（少佐、いや中佐か）

アレクセイは彼の立場を推測する。

この若さにおいては、異例の出世とも言える。だがそれほどのエリートということだ。それなりの成果も上げてきたのだろう。そして、エリートが雰囲気で身につけている傲慢さが鼻につく。

相手に不快さを味わわせるようでは、まだ青いということか。

本当に油断がならないのは、腰が低く馬鹿な振りをして、友好的な態度で近づいてくる人間だ。

その点まだ、入谷のほうが自分の気持ちに素直だと言えないこともない。

「なんの用だ？」

アレクセイは着席したまま訊ねた。彼に席はすすめない。立たせたままで話を聞く。

入谷の顔色が変わった。自分の立場が分かったのだろう。だが、青ざめたまま、感情的になる

ことはなかった。

「あなたに、軍への協力を仰ぎたい。…資金面で」

結論から話すところも、彼の頭の良さをうかがわせた。単刀直入な言い方も、時間を無駄にしないエリートらしい。

だが、感情を抑えてはいても、彼は表情が豊かすぎる。本人は自覚していないようだが、アレクセイが見ればすぐに分かった。

「軍は私に協力依頼するほど、逼迫《ひっぱく》しているようには思えないが」

「ですが」

「君たちなら私の手を借りずとも、充分だろう」

のらりくらりと言葉を躱し、結論を先送りにする。

先に焦れたのは、入谷のほうだった。

「あなたは自分のこの国における影響力を、理解しているんでしょう？　どっちつかずな状態は、あなたにとってもよくないはずだ」

「そして、どちらかに味方したことによって、どちらかに狙われることになる。それは真っ平だな」

口で言い負かされて、入谷は押し黙る。彼は悔しそうだった。

「私は軍にも政府にも義理はない。もちろん、弱味もな」

すると、入谷の肩がぴくりと跳ねた。

(どうやらこの男は、軍に何か弱味でも握られているらしいな)

それはいったいなんなのだろうか。

溢れるほどの才能と美貌、知性を持ちながら、軍の狗《いぬ》として使われるだけの人生は、いったいどんな気持ちだろうか。しかも、こんな用件を伝えるだけの使いっぱしりをさせられて。

彼に同情したわけではない。だが、ある考えがアレクセイの脳裏に浮かんだ。

「そうだな。軍に協力してもいい」

「本当ですか!?」

入谷が身を乗り出す。それをアレクセイは冷静にいなす。

「そう焦るな。ただし条件がある」

「条件、とは?」

入谷の表情が曇った。

「ある男に、私のコレクションのブレスレットの片割れを奪われてしまってね。それを取り戻してくれれば、協力してやってもいい」

信憑《しんぴょう》性に判断がつきかねる話に、あえて自ら危険を冒して飛び込んでいかなくてもいいだろう。その点、軍部に危険な行為は任せておけばいい。

「一度、軍に戻って判断を仰ぎます」

軍はどういう手段を取るだろうか。

アレクセイにとっては、ブレスレットさえ戻ればいい。

彼らの計画に興味を抱きながらも、吉永を危険に巻き込まずにブレスレットを取り戻す方法に、アレクセイは内心でほくそ笑んだ。

*

拒絶されるかと思ったのに。

家を出たいと言えば、あっさりと解放されたことに、吉永は拍子抜けする。

もし無理やり拘束するような真似をすれば、何があっても逃げ出してやるつもりだった。

身体がやっと男に抱かれることに慣れたから、…逃げられたというのが、癪《しゃく》だったが。

最初のうちは男を受け入れるのに精一杯で、行為が終われば疲弊のあまり、昏々《こんこん》と眠り続けた。

それが次第に快楽に目覚め、それほど負担なく、肉棒が体内を摩擦する感覚にも耐えられるようになった。

吉永は今一度、手の中のブレスレットを眺めた。

このブレスレットも、取り上げられなかったのだ。

近くのコーヒーショップに入ると、吉永は手の中のものを見つめる。

このブレスレットのせいで、吉永の運命は変わった。

朝まで続いていた責め苦を思い出す。

今日、…出ていくと言った吉永への条件として、あの男は存分に吉永の身体を楽しんだのだ。

『あ、ああ…』

吉永の中を硬い杭《くい》が抉《えぐ》る。それが猛《たけ》った男の肉杭だとは、信じたくはない。

『そのブレスレット、それが私とお前を引き合わせた運命の印なのかもしれないな』

サンクトペテルブルク――この、宝石を散りばめたような華麗な世界で、出会い…抱き合う狭間で、アレクセイが囁いていた。抵抗すればするほど、硬い杭を穿《うが》たれた。

『寒い冬、この地では人は抱き合うことで温もりを与え合う』

吉永の意思を捻じ伏せ身体を開かせたというのに、彼は合間に睦言《むつごと》のような言葉を吐くのだ。

『だからずっと、私に抱かれていろ』

『あ、ああ!』

あれは、礼儀だったのだろうか。この男は、抱く相手には誰にでもこうして囁くのか。

『外に出れば、凍えるほどに寒いだろう? だが、私の腕の中にいれば温かい。お前が寒いというなら、抱きしめていてやる』

アレクセイが吉永を突き上げながら、何度も囁いた気がする。

（いったい、あいつは何者なんだ？）

アレクセイの屋敷は、厳重なまでのセキュリティがなされていた。彼の後について寝室に向かう時は、彼が歩いたとおりの場所を歩くように言われている。

他に吉永が入ることができた場所は、食事を取るためのダイニングだけだ。

ダイニングの周囲には、彼の家族らしき肖像画がいくつも掛かっていた。どうやら、アレクセイは名家の出身らしい。肖像画はどれもいかつい顔をしており、長い名前がついていた。

ただ抱かれているのも癪で、アレクセイの正体が分かるかもと思い、彼らの名前くらいは頭に叩《たた》き込んでいたものの…。

何を狙っているのか。

身体が、流されていく……。

「遅いよ」

「え？　時間どおりじゃない？」

店は満員で、隣に座っていた男性のもとに、待ち合わせていたらしい女性が現れる。

二人の会話に、吉永は意識を現実に引き戻される。

まだ、彼の杭の熱さが、体内に残っているような気がした。

離れていても奴に囚われているなんて、冗談じゃない。

吉永は憤怒《ふんぬ》を漲らせる。

遅れて来た隣の席の女性は、腕時計を眺めた。

「今がちょうどじゃない」

「十分過ぎてる」

「ええ?」

彼女はもう一度、腕を眺めた。

「見てよ、私の時計はちょうどよ。あなたの時計が狂ってるんじゃないの?」

「店内の時計も見てみろよ」

「え? 嘘。本当に?」

彼女は本気で驚いたようだった。鞄《かばん》から携帯を取り出し、時刻を確かめる。

「本当だわ。ごめんなさい」

彼女は座ると、時間を直すために時計を外す。

リューズを回し嵌め直そうとした時、彼女の手から時計が滑り落ちた。

「あ…っ!」

それは男性のコーヒーカップの中に落ちる。

「ご、ごめんなさい!」

彼女は慌ててカップから時計を引き上げる。

「大丈夫？」

「ええ。いやね、手が滑って」

彼女はコーヒーの雫《しずく》のついた時計を、カップの下に敷かれていた紙ナプキンの上に置く。すると、時計の形に茶色い染みができた。時計を持ち上げても、しっかりとその形が浮き出ている。

ふと、吉永の脳裏にひらめくものがあった。

手の中のブレスレットを見つめる。

波状の模様、……吉永はブレスレットを自分のカップのコーヒーに浸すと、紙ナプキンの上に乗せてみる。

だが、コーヒーでは液だれを起こし、ペーパーが滲《にじ》み、うまくいかない。

吉永はブレスレットを拭《ぬぐ》うと、店を出た。

朱肉のようなものは見つからなかったが、封筒の封を止める蠟《ろう》があった。

吉永は近くのホテルに部屋を取ると、マッチで火をつけ蠟を溶かす。火を使うのにその辺の店では困るだろう。

ブレスレットに塗りつけると、半分のブレスレットをゆっくりと回転させ、便箋《びんせん》の上に転がしていく。すると……。

「これは……」

波状の模様が反転し、くっきりと映し出された。絵入りの地図のようなものが浮かび上がる。

そして、目的の場所を指し示すかのように、エメラルドが黒い点を作る。微妙な凹凸で、反転させなければこの絵は浮かび上がらないように巧みに作ってあったのだ。

吉永は軽い興奮を覚えた。

――この場所を探し出してやる。

吉永は細い線の組み合わさった模様を見つめた。

＊

入谷は軍の本部に戻る。

きっちりと、隙なく制服を着直す。鏡を見ながら襟章をつけ直し、バッジも曲がってつけるようなことはない。

襟元のカラー、カフス、胸元のダブルのボタン、ネクタイの結び方、…細部にいたるまで神経が行き届き、だらしなさとは無縁の着こなしだ。

同じ制服を着ていても、着崩す者はいる。だが制服に、それは似合わない。それに、制服は個を主張する必要はないが、同じ制服を着ていても、どこでも目立つ者はいる。

それが、入谷だ。いつでもどんな時でも、制服に一筋の乱れもない姿でいる入谷は、ぱっと人目を引く。

(あの、男)

昨日アレクセイの出した条件を、入谷は上司に伝えた。すると、今度は上司のさらにその上から、呼び出しを受けたのだ。

ブレスレットを取り戻すという条件。

それはいったい、何を意味するのだろうか。それほど重要なものなのだろうか。

男の無礼な態度を思えば、入谷の腹の底が熱くなる。

恐ろしく格好いい男だった。

同じ男として、羨望《せんぼう》と劣等感と、軽い屈辱を覚えずにはいられない。

無機質な壁を横目に、長い廊下を歩く。入り組んだ作りになっているのは、外敵からの直接的な攻撃を避けるためだ。慣れた入谷であっても、図面を頭に描きながらでなくては迷ってしまいそうだ。

しかも、今、入谷を呼び出しているのは、上層部の人間だ。司令官クラスのフロアは、入谷であっても、ほとんど足を踏み入れたことはない。

曲がりくねった廊下の突き当たり、奥まった場所に、入谷の上官の部屋はある。ジェネラルが称号につく階級の上官は、前例のない特進を遂げたエリート中のエリートだ。数々の作戦の成功が、今の地位を築き上げた。

そこには、運以外の実力ももちろんあるが、年齢は入谷よりも若干上程度だ。生粋のロシア人らしい美貌は滅多に微笑《ほほえ》むことはなく、彼自身が氷の大地に咲く宝石のようだった。血の通わない作戦や指令は冷酷で、そこに温情は一切伴わない。

だからこそ数々の作戦を成功に導くのだろうが、その陰で過酷な犠牲を払わせることも多い。けれど、結果を出すことができる。ミスはしない。それが、彼の出世の所以《ゆえん》だ。

(その彼が、俺に何を)

ごくりと咽喉が緊張に鳴るのが分かった。扉の前で足を止めると、自分から名乗る。

「入谷です」

「入れ」

入谷が名乗れば、中から許可が出される。扉を開けると、椅子《いす》に腰かけたままの上官の姿が見えた。デスクに肘《ひじ》をつき、中央で組んだ手の上に顔を乗せている。

「失礼いたします」

アンドレイ・スロニムスキー。凄腕《すごうで》の司令官だ。

顎を軽くしゃくると、目でそばに来るよう促される。入谷は部屋の中央に進み、アンドレイのデスクの前で足を止めた。両足を揃《そろ》えれば、かかとがぶつかりカッと鋭い音を立てた。

入谷が与えられている部屋よりも、数段広い部屋だ。その広い部屋に、アンドレイは一人ではなかった。身の回りを世話する下士官、ヤコフを伴っている。

ヤコフは影のようにアンドレイに付き添っていた。彼自身も優秀な男のはずだったが、アンドレイの世話係になってからは、でしゃばらず万事に控え目だ。もともとそのような性質もあったのだろう。まるで上官の狗と、陰口を叩かれることもあるが、本人は気にしていないようだった。

ヤコフは男らしい容姿で、アンドレイよりも年下だ。身体つきも逞しく実直に勤めているが、見目は抜群にいい。濃い色の髪に、深い色の瞳が印象的で、薄い髪の色と薄い瞳を持つ上官とは、並べば対照的だった。

上官が過ごしやすいように部屋の空調を整え、お茶を淹《い》れ、書類を整え手渡し、軍人としての才能がまったく必要のない仕事をし、彼にかしずく……。

入谷なら、そのような仕事などごめんだった。

「ご用と伺いましたが」

「任務だ」

入谷は表情を引き締める。わざわざ上官自ら入谷を呼び出すからには、かなり重要な任務だと言える。

「昨日はご苦労だった」

「いえ」

アレクセイ・コズイレフへの訪問を、まず労《ねぎ》らわれる。

昨今、興隆を極めるロシア経済の牽引力《けんいん》ともなる人物だからこそ、軍もその影響力を無視できない。

「彼の資金源を味方につけたいが、彼はなかなか首を縦に振らなかった。彼が政府側につくのなら、それを邪魔してもいいと思っていたが」

だからこそ、入谷がアレクセイのもとまで出向いたのだ。

「彼が出した条件、それは真実だということが分かった」

ブレスレットを取り戻すという条件、それをこちらが呑《の》めば、彼は軍に資金面での協力を考えてもいいと言ったことを、すでに報告している。

アレクセイを軍の味方につけられれば、これ以上ない力になる。

だが逆に、政府側に味方すれば、脅威になるに違いなかった。今までそのどちらにも味方しないからこそ均衡を保っていた力関係が、崩れる。

アレクセイの資金力は、政府も咽喉から手が出るほど欲しがっている。それを、軍に味方するよう協力を取りつけることができれば、大きな功績になる。

「それで、私は何を?」

自分はどんな任務を与えられるのだろう。

何にせよ、アンドレイに呼び出された時点で、その任務に異を唱えることは許されない。上官の命令は絶対だ。たとえ不服でも、どんな命令でも、従わなければならない。軍の規律として、それを入谷は叩き込まれてきた。それが軍のやり方であり、軍人というものだ。

「アレクセイの提示したブレスレット、それを取り戻すのが、今回の任務だ」

予想できないことではなかった。

条件を伝えたのは、入谷なのだから。

いったい、どこにあるというのだろうか。軍事的な戦略が必要な場所にあるのだろうか。

「よりによって、やっかいな男のもとにあるのが分かった。…KGBだ」

アンドレイが顔をしかめる。政府側のKGB、軍とは犬猿の仲だ。

入谷も同様に眉をひそめた。

「KGB、ですか？」

アレクセイが言っていたある男というのが、KGB所属だとは。

「ああ。KGBのキエフという男が持っている」

入谷の顔が強張る。キエフという男の名前は、入谷も知っている。どんな任務も必ず成功させる、凄腕のスパイだ。

もちろん、失敗すれば生きてはいないのだから当然か。数年に一人出るか出ないかの逸材で、体力、頭脳、判断力、そのすべてに秀でている。なかなかの男前だという評判も聞く。

（…そういえば）

彼の噂《うわさ》でいくつかの事柄を思い出し、入谷は眉をひそめた。別の国の女性スパイが彼に接触を図ったものの、逆に彼のベッドテクニックに翻弄され、骨抜きになったという噂だ。

他にも、…キエフが任務を終えて姿をくらませる途中のシベリア鉄道の中で、たまたま居合わせた美少年も彼に魅了され、彼が逃げる手伝いを自ら買って出た、とか。

自分の魅力を知り、存分にそれを利用する術《すべ》を知っている男。どちらにせよ、入谷の最も嫌悪するタイプであることは確かだ。

「キエフに接触し、彼からアレクセイが望む品物……、ブレスレットを取り戻せ。キエフがブレスレットを手に入れたのは、単なる個人的なアクシデントだったらしい。条件によっては手渡してもいいと言っている」

それは、本当だろうか。アレクセイが欲しがっているものを、そう易々とKGBが渡すとは思えなかったが。

「キエフという男は独特でね。KGBに所属していながら、上層部に絶対服従というわけではない。その実力から、彼自身が任務の内容も選べる上、自分の意思で物事を決めることができる。そのブレスレットも、キエフ自身が気に入れば、返さないだろうし、より魅力的な条件があれば、簡単に手放してくれるだろう」

不穏な気配がした。嫌な予感が胸をざわめかせる。不安が込み上げた。

「私のほうでキエフとは連絡を取った。キエフの好みに一致したのが…お前だ」

（っ!!）

全身の血が下がり、胃に熱いものが込み上げる。今度は全身の血が逆流する。好み。

それがどんな意味をもたらすかが分からないほど、入谷は子供ではない。

「キエフとの取引は今夜十時。場所は……」

路地裏のある場所を提示される。

「どんな取引をされても、キエフの言うことを聞け」

どんな命令であっても、キエフの言うことに従え。

入谷は青ざめる。このような屈辱的な命令が下されるとは思わなかった。だが、命令に逆らった時の軍の恐ろしさは、誰よりもそこに所属する入谷が、よく知っている。

「…分かり、ました」

内心で口唇を噛《か》みしめながらも、入谷は上官の命令に、従った。

モスクワ、赤《クラースヌイ》の広場、美しき広場という名を持つその場所は、寺院、美術館などロシア革命前からの歴史を持つ、風光明媚な建物が立ち並ぶ。

だが一歩道を奥に入れば、そこは旧体制当時の、貧しげな作りの家が軒を連ねている。

「よう、エリート軍人さん、こんな場所になんの用だ?」

下卑た野次を浴びせられる。道端に直接座り込んだ赤ら顔の男の吐く息は、酒臭かった。入谷はじろりと彼を睨みつける。こんな奴らにはかける言葉もない。

「ねえ、あんたいい男だね。どう?」

今度は、道端に立つ女性がスカートをまくってみせた。それも入谷は無視する。

何もかもが入谷が生きてきた世界とは違う。こんな場所が存在するということを目の当たりにし、その場に慣れない入谷の気分が悪くなる。

「ちっ、なんだい、お高くとまりやがって」

粗野な言葉をぶつけられ、入谷の胸が疼いた。

単に、あまりにも自分を取り巻く世界とは違いすぎて、理解できずに戸惑っていただけなのだ。そして、お高くとまる、そう言われても、身を売る彼女たちを入谷は軽蔑できなかった。今の自分は、彼女たちと同じことを、しようとしている。

入谷が行くよう指示されたのは、場末の長屋の二階だった。

指示された通りの合図をするが、返答はなされない。

もう一度、ノックをしようとすると、背後から入谷の身体が羽交い絞めにされる。

「な…っ!」

「しっ」

（ん、む）

入谷の口唇が掌で塞がれる。逞しい男の胸が、背に当たる。

（誰だ？）

不自然な姿勢のまま、背後を振り向こうとすると、彼は耳朶《じだ》に口唇を触れさせるくらいの距離で、入谷に囁く。

「よく来たな。俺がキエフだ」

（…っ!!）

彼の服装は、先ほどの酒を呑んでいた中年の親父《おやじ》にそっくりだった。

「このまま、こっちへ」

（ん、んん）

口唇を塞がれたまま、入谷は腕を引かれる。反対側の扉が開き、そこは別の通路に繋《つな》がっていた。

近づく気配すら、さとらせなかった。

訓練された入谷も、さすがにショックを受ける。

「ここでいい」

部屋は建物の中で繋がっているらしい。最初に指示された部屋が見下ろせる窓がある部屋に、入谷は連れてこられた。

やっと、口唇から掌を外される。

「お前は、さっきの」

「そうだ。お前が尾けられていないか、調べる必要があったからな。まあ、それでもよかったが」

口唇の端を上げながら、キエフが言った。

やっと入谷は、キエフという男を観察することができる。浮浪者のような破れた布を引くと、中からは瀟洒《しょうしゃ》なスーツに身を包んだ姿が現れる。切れ長の冷たいグレーの瞳が、見るものの胸を凍らせる。酷薄そうな口唇に、まっすぐな髪、そして…意思の強そうな眉……。

これほどの美形を、入谷は見たことがない。

格段に男っぷりを上げた姿だった。

アレクセイが鷹揚《おうよう》な紳士的な男だとすれば、この男は危険な男、だ……。

「ふうん？」

まじまじと、キエフが入谷を見やる。観察しているのは入谷も同じなのに、キエフに見られれば妖しい胸のざわめきと、不安を覚えた。

「まあ一つには、軍が気に入らない男を寄越せば、約束をすっぽかして帰ろうと思ったのもある。じっくり検分したが、お前は合格だ」

「っ!!」

入谷は屈辱のあまり、眩暈《めまい》がした。彼が自分に落とした視線の正体は、まさに値踏みするそれだ。

「お前も納得して、ここに来たんだろう?」

納得などしていない。本当はそう叫んでやりたかった。

だが、軍に逆らうことはできない。逆らっても任務に失敗しても、その責任を取らされる。どこか厳冬の地で、死ぬまで強制労働させられるか、口封じのために毒殺されるかだ。

軍は逆らった者に容赦しない。代わりに、任務を遂行し真面目《まじめ》に勤め上げていれば、この地での一生安定した生活が保証される。…病気の母に最高の治療を、優先的に受けさせたくて、入谷は軍に入った。入谷にとってそれは、人質を取られたようなものだ。

「本当に、軍に出した条件で、いいんだろうな」

入谷は念を押す。

「ああ。どうせアレクセイ、あの男は、脅迫ではてこでも動かない。かえって態度を硬化させるだけだ。本当は俺がこんなものを持っていても、なんの意味もない」

キエフもアレクセイという男を、よく知っているようだ。

「だが、せっかく手に入れたものをただで渡してやることもない」

「金か?」

「そんなものに、俺は興味はない」

名誉も出世も、金も。何も執着しない男には、何で戦えばいいのだろう。

金に価値観を置く男には、より多くの金を持っていれば勝てる。名誉に重きを置く男には、より高い地位で勝負する。だが、そのいずれにも執着しないとすれば、何をしても彼に勝つことはできない。

「俺が認めるのは、俺がいいと思ったものだけだ」

その強さを、入谷は羨ましくも思った。何ものにも惑わされず、細かいどうでもいいことなど、彼は最初から相手にも、問題にもしていないのだ。

入谷が守ろうとし、しがみつこうとしていた今まで築き上げてきた地位も、価値すら見出す必要のない男にとっては、どうでもいいことだ。

彼は自分の人間性だけで、人生に勝負している。そしてその人生を楽しんでいるのだろう……。

「俺がいいだと？　悪趣味だな」

入谷は悪態をつく。

「お前は俺が気に入らないか？」

「気に入るわけがない」

入谷は吐き捨てる。

「だが、今はお前が気に入るか入らないかは問題じゃない。俺がお前を気に入った。それだけだ」

キエフが入谷の顎をすくった。目を開けたまま、入谷は近づくキエフの口唇を受け入れる。

冷たい、口唇だった。

「…ブレスレットは?」

「持ってきてある」

そう言って、キエフはベッドサイドを指差した。そこには確かに、バングルから二つに割られたブレスレットがあった。形状も状態も、アレクセイが言った通りだ。

「俺がお前をここに呼んだわけは聞いているな?」

入谷は内心で口唇を嚙みしめる。

「ああ。……さっさと済ませよう」

入谷はどうでもいいことのように言った。わざと虚勢を張る。その虚勢に、キエフは気づいただろうか。

ベッドに服を着たまま向かえば、キエフが声をかける。

「服は? 脱がせて欲しいか? それとも自分で脱ぐか?」

(あ……)

さすがに、緊張していたらしい。指摘に気づき、入谷は自ら物慣れない仕草で、胸元のボタンに触れる。けれどその指先を、キエフによって押さえられる。

「まあ待て」

「…?」

キエフが止めた理由が分からず、入谷は困惑に眉をひそめる。

「まるで、生娘みたいだな。俺も脱がせるほうが好みだ。自分から服を脱ぐ女には、もう飽きた」

キエフはあくまでも余裕ある態度で、入谷に向かう。入谷の虚勢など、とっくに露呈し、彼にはお見通しらしかった。

「プライドの高い将校さん、任務のためなら男のものも咥えられるか？」

屈辱めいた言い草とともに、低い笑いが耳元を掠《かす》める。入谷の腰に、男の頼もしい腕が回った。

「俺を、満足させてみろ」

口づけが、首筋に落とされる。入谷の身体が押し倒され、熱い身体が重なってくる。

入谷はそ…っと目を閉じた。

「お前、まさか初めてか？」

「…まさ、か」

挿入の瞬間、苦痛に眉をひそめたのを、この男は気づいていたらしい。

けれどなんでもない振りをして、強気の瞳を向ける。

軍に入ったばかりの頃、一度だけ。それはいい思い出ではなかった。

能力に嫉妬《しっと》した上官の、リンチに遭ったのだ。すぐにその上官は左遷され、上層部は箝口令《かんこうれい》を敷いた。人一人の身体と心を傷つけておきながら、軍の上官に与えられた処分、…数年後には中央部に戻ってこられるかもしれないという軍の、ことなかれ主義の体質を、どれほど当時の自分は、憎んだだろうか。

ただ、男性であるだけに、入谷はまだマシなほうだった。モデルに選ばれたほどの美貌と肢体を持ちながら、将来を断たれ、軍に協力させられた女性もいる。

「前の男とは、あまりいい思い出ではなかったみたいだな」

キエフが入谷の腰をすくい取る。

「お前ほどの美貌が、今まで無事でいられたわけもあるまい。上司にでも騙《だま》され、無理やり犯されたか？」

く…っと入谷は拳を握りしめる。はっと気づいた時にはもう遅い。顔色を変えた自分を、キエフに気づかれてしまった。

「顔色が変わったな。図星か」

どこまでこの男は、自分を追いつめるのだろう。

「あっ…、あああ…っ！」

入谷は背後から穿たれていた。

（この、男…っ）

「しつ、こい…っ、もう、いい加減に…っ」

「まだだ。お前の任務は、俺の言いなりになること、ブレスレットを渡してもいいと俺に納得させること、だろう？　俺はまだ、納得していない」

「く…っ…」

「お前も、楽しめばいい。ここをこんなに勃たせていては、お前の言葉も説得力はないな」

「あう…っ！」

言いながら、キエフが入谷を、一際激しく背後から突いた。

「こんなに大きく広がって、俺を咥え込んで。お前がどれほどいやらしい格好で男に貫かれているか、分かるか？」

「何？」

キエフが入谷の顎を、背後からすくい取る。上向かされ、目の前のものを見るように示唆される。

（……？）

ベッドサイドには、身支度用の大きな鏡があった。そこには、獣のようにシーツの上に這い、腰だけを男のために大きく上に突き出した、みっともない入谷の姿があった。しかも双丘の狭間には、大きな赤黒いものが、突き刺さっている。

思わず、咽喉がヒュッと小さな悲鳴を上げたほどの太いものだった。同性ではあるが、キエフのものは凶器という呼称が相応《ふさわ》しい大きさと太さだ。

それがずるりと引き抜かれ、再び埋め込まれる。男根は血管が浮き出て、脈動を入谷の肉壁に伝わらせていた。

猛りきったものが、入谷の柔肉を摩擦する。そうされるたび、入谷の口からは小刻みな悲鳴が零《こぼ》れ落ちるのだ。

「あっ、あっ」と、悲鳴を上げながら、腰を突き入れるキエフの姿を見やる。膝を立てたまま、男根で入谷を征服する男の肢体は、無駄のない筋肉がついており、こんな場合だというのに惚《ほ》れ惚《ぼ》れするほど格好いい。

「お前は上の口は小憎らしいが、こっちは素直だ。それに、こうして抱かれている時は、お前でもしおらしく見えるぞ」

キエフがずんずんと腰を前後させる。そのたびに、大きく開かされた入谷の膝が、さらに大きく広げられていく。

強烈な突き上げに、身体全体が前にずれれば、圧倒的な力の差で腰を摑まれ、キエフのもとに引き戻されてしまう。

「よく見るんだ。今お前を抱いている男を」

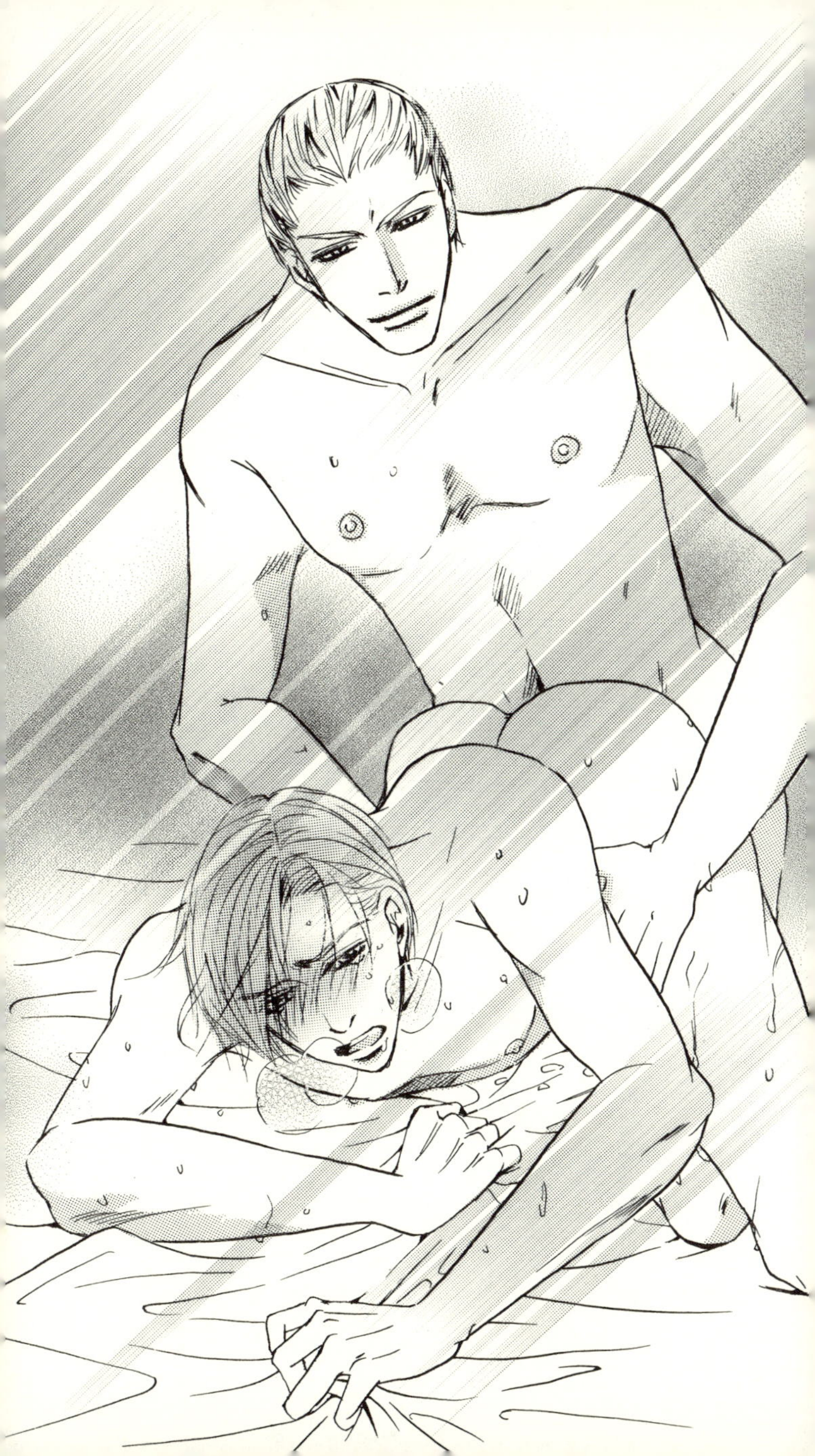

鏡の前で、無理やり自覚させられる。自分が、男に抱かれるだけの存在に、貶《おとし》められたことを。エリートとしての肩書きも、今はなんの役にも立たない。より力を持った男に、捻じ伏せられるだけの存在にされる。

完全な裸体にされれば、階級章も何も効力はない。ただ、より力のある男に、身体をいいように使われる……。

自分の中に、あの頼もしい男根が入っているなんて。まだ、信じられない。でも、あまりに淫靡な光景に、目が離せない。

「あふ、ぅ…っ、ああ。あああ。あ」

鏡には、切なげに眉をひそめる男の顔が映っている。

いったい、誰だろうか。この淫らな生き物は。それが自分だとは、認めたくはない。口唇を半開きにして、男に身体を揺さぶられるたびに、嬌声を上げ続けている。

しかも、男の掌は入谷の胸を這い、愛撫している。後孔はすでに開ききり、痛みよりもじんじんとした甘い快楽を貪っていた。

前よりも後ろを貫かれ、突かれるほうが感じる。それが入谷を懊悩《おうのう》させる。植えつけられた快楽は底なしで、たぶんもう、忘れられない。

きっと自慰をする際も、胸と秘められた部分を弄ってしまいそうだ。指で抉り、突き上げる。そんな信じられない自慰を想像し、入谷は振り切るように頭を振った。でも指では、今こうしてキエフに与えられるような、どっしりとした質感と、息苦しくなるような圧迫感を伴った快楽は、得られないに違いない。

「いい声になったな。いいぞ、お前」

胸の尖りと最奥を抉られるたびに生じる刺激が、全身をひっきりなしに襲う。

「嫌々ながら抱かれているなんて言い訳が、できないようにしてやる」

こんな女を扱うような、男として味わわされる最低の恥辱を与えるのは、入谷がこの男のプライドを傷つけたからだろうか。

最低の方法で、入谷もプライドを傷つけられる。だが、言い訳ができないのは、入谷が感じていることだ。

陥落させられる。この男に。自ら恥ずかしい言葉でねだり、快楽を与えて欲しいと願ってしまう。

「うう。あああッ、うッ」

声を止めることができない。硬い肉棒の責めは終わらない。股間《こかん》にかちかちの固棒を打ち込まれ、荒い吐息を吐くだけだ。

報復のために、選ばれた手段。それは、入谷のプライドを粉々にした。

絶対に、許せない。こんな、男など。

そして自分にこんな命令を下した、軍にも。

「お前は、軍に売られた餌《えさ》なんだよ。せっかくだから、俺も楽しませてもらう。お前もたっぷり、俺を満足させてみろ」

嘲笑《ちょうしょう》が肌に突き刺さる。入谷を、キエフが追いつめていく。そして、腰の動きが小刻みに揺すり上げるものに変わる。背後から、キエフが入谷の両手首を摑んだ。

「ああ…！」

両腕を摑まれたまま、背後に引かれる。入谷の顎が上がった。キエフの強い打ち込みが始まる。動けない。抵抗ができない。

顔を仰《の》け反《ぞ》らせ、繋がった部分だけが、感覚のすべてになる。強烈にいやらしい体勢だった。男に孔《あな》だけを使われる姿勢だ。そこに入谷の意思は存在しない。思うがままに、身体を使われる。ただそれだけの存在に貶められる。これ以上の恥辱と屈辱はなかった。

後孔だけで、繋がっている。身体を重ね合わせることも、ないままに。

肌を触れ合わせ抱き合い、口唇を重ね合わせる…そんな情緒とは無縁の性交。しかも、ただ入谷を支配する男のなすがままに、身体を扱われるのだ。

…わずかな切なさが、入谷の胸に込み上げた。もし自分ならば、どうするだろうか。たとえ一夜の相手であっても、こんな酷い抱き方は、しないに違いない。

もしそんな機会が今後訪れるとしたら、絶対にこのような仕打ちはすまいと、入谷は心に誓った。せめて儀礼的なものであっても、肌を触れ合わせ抱きしめることくらいはしてやろうと。

後孔を突き上げられるだけの性交は、入谷の心を追いつめる。男に絶頂を促すためだけの身体なのだと、思い知らされる。

最初から何も期待してはいなかった。せめて、この男が刃物で傷つけたりするような性癖をもっていなかっただけマシだと、思い込まなければ。

それも惨めだったけれども。

入谷を必要とはしていない。この男は性欲を処理するための孔があれば、それでいいのだ。入谷がどれほど、心を傷つけられているのかも知らずに。

繋がった部分を突き上げられ、激しいスピードで何度も抉られ、息も絶え絶えになる。

「ひ、あああ！」

一際大きく突き上げられ、体内に粘液が流し込まれる。熱い迸《ほとばし》りを、内壁で受け止める。

（あ……）

抉られるだけではなく精液を流し込まれるのは、たまらない。ぞくりと背を戦慄かせながら、長く流し込まれる精液の奔流に耐える。残滓《ざんし》までたっぷりと注ぎ込んだ後、キエフはやっと入谷の手首から手を離した。

ドサリ、と入谷の身体が、肩からシーツに崩れ落ちる。

入谷の最奥も、今までに感じたことがないくらい、熱くなっていた。敏感な壁は、萎《な》えたものが引き抜かれる感触にすら、淫靡な戦慄きで入谷を最後まで感じさせた。

「後ろだけで、達ったか。覚えが早いな」

（っ…！）

初めて、入谷は後孔に男根を捻じ込まれた刺激だけで、達った。

「シーツが濡《ぬ》れている。お前の茎もぬるぬるだ」

男に犯されて絶頂を迎えた光景を口にされ、入谷は目を歪めた。

「エリートの将校さん、男に犯されている今のお前の姿を、部下が見たらどんな感想を持つかな」

「な…っ」

「強くて凛《りん》とした、プライドの高い青年将校。きっとそれなりに羨望も集めているんだろう。そんな男が制服を剝《は》ぎ取られ、ただの女と変わらない扱いを受けているなんて、さぞやいい見ものになるだろう」

ふ…っと、キエフが低く笑った。完全無欠のエリートのように、キエフは入谷を称する。だが、ロシア社会で、ハーフの血筋を持つ自分が認められるようになるには、単なるエリート以上の苦労が伴う。それを、キエフは理解することはないのだろう。

部下も、入谷を血の通わない冷たい人間のように称する。それがいつの間にか、入谷の評価になった。部下の期待する像を演じるたびに、本当の入谷の姿が見えなくなった。

誰も、入谷自身を、理解しようとはしない。

「言う…気か…？」

部下の前で痴態を暴かれる恐怖。それが戦慄《せんりつ》となって、入谷の全身を駆け抜けた。背後に首を捻じ向け、男を凝視する。

「さあ」

キエフはとぼけてみせる。

「お前のような強い男を捻じ伏せたい、そう思う人間は、俺だけではないということだ」

下肢に力が入らない。仕方なく、入谷はシーツに顔を埋める。

眼前にしわくちゃのシーツが見える。汚れたシーツは、日が差さないせいか湿っていた。長屋のようなこの場所は、ホテルみたいにリネン類はきちんと手入れもしていないのだろう。

隠れ家のような薄汚い場所で、入谷は任務のために男に抱かれた。尊厳も何もかも、明け渡して。

こんな場所から、抜け出したかったのだ。そのために軍で認められるようになって、けれどその結果、与えられ、引きずり下ろされたのはこの場所だ。

軍へはそれなりに貢献してきたはずだ。認められたくて、頑張ってきた。でも結局は、使い捨ての駒《こま》なのだということを、思い知らされただけだ。

入谷自身も納得はしていた。非情な世界で生き残るために理解もしていたし、訓練も受けていた。拷問で口を割るより先に、死を選ぶこともできる。しかし、それは今の任務には許されないことだ。

キエフを満足させるまでは、入谷は死ぬこともできない。それに、こんな男のために、命を捧げてなるものか。

（男に、抱かれたくらいで…っ）

本当は、…涙が溢れてしまいそうだった。だがそれは見せない。絶対に見せるものか。こんな、男なんかに。

うつ伏せたまま、乱れたシーツをかき寄せようとする。けれどその手は、キエフによって阻まれる。

「なんだ？」

「あの程度で満足させたつもりか？」

キエフが入谷の肢体を仰向ける。そして再び、熱い身体が重なってきた。

（嘘…だろう…）

入谷が目を見開く。まだ、挑むつもりなのだろうか。入谷の身体は、すでに限界を訴えている。

疲弊しきった身体は、また男を受け入れるようにはできていない。

壊れて、しまう……。入谷は怯えた。でもそうは見せない。

「く…っ。好きに、しろっ…」

仰向けになった体勢のまま、顔を背ける。今度はキエフは、入谷の胸にむしゃぶりついてきた。

「何が楽しいんだ、こんな、…男の胸なんかをいじ…っ、て…っ」

シーツを握りしめたまま、胸の突起を舐める男を見やる。

「いつまで、やるつもりだ？　しつ、こい…っ！」

咎《とが》めれば、キエフは恐ろしげなことを言い出す。

「俺が満足するまでだ」

「何？」

「一晩で済むとは思っていないだろう？　任務中なら、お前も軍に戻らなくていい。男に抱かれるのが任務とは、いい仕事だがな」

くっくっ、とキエフが咽喉奥で笑う。

男に抱かれるのが仕事——、入谷の目の前が、屈辱で真っ赤に染まった。

「三日で、俺好みの身体にしてやる。今はまだ、反応が拙《つたな》くて面白みがない」

「なっ……」

「三日だ。お前は三日後には、男なしではいられなくなるんだよ」

男なしで——。

「一日中、こうして可愛がってやろう。お前を抱き続けて、男が欲しくてたまらなくしてやる。お前の中にずっと入れっぱなしでいて、お前を啼かせ続けてやろう」

恐ろしげな提案に、入谷の身体が震えた。だが、恐ろしいと思いながらも、身体に別の感情が浮かんだ。

男が欲しくてたまらない身体にされる。彼がずっと己の体内に男根を入れっぱなしで前後し、身体を揺さぶり続ける、そう思った時、身体の芯が強く疼いたのだ。

胸の突起を舐められながら、入谷は下肢の芯を熱くしている。

男性として当然の部分だけではなく、今までに性交で感じるとは思えなかった場所までもが、ずきずきと痛いほどに疼き始めたのだ。

疼く部分を抉って欲しいと、入谷は思い始めている。

男の猛ったものでそこを抉ってもらえる機会など、通常では考えられないだろう。だがキエフならば、入谷の望むものを与えてくれる。本当に男なしでは、キエフなしでは、いられなくなる。

「胸を咥えられただけで、前を熱くしているみたいだな。後ろにも入れて欲しいんだろう?」

言い当てられて、入谷は顔を背けた。

「そう意地を張るな。入れてやる。足を開け」

入谷は顔を横に振る。足を開いて自ら男を迎え入れるなど、入谷のプライドが許さない。

「開け。二度は言わない。お前は仕事で来ているんだ。それを忘れるなよ」

仕事。それは入谷にとって、男に抱かれる言い訳になる。言い訳を作らなければ、この快楽に期待し、疼く秘唇をもてあます心を、誤魔化《ごまか》すことができない。

「う……」

深く息をつくと、入谷は足をおずおずと開いた。そこにキエフが屹立《きつりつ》を押し当てる。

堪えるように瞳を閉じると、入谷は横を向く。

両足を開いた無防備な姿、その中央に屹立を押し当てられている体勢を、キエフが犯すように眺め回す。

「あ。あ…。あ、あああ！」

一度達ったとは思えない固さと熱さに、入谷は戦慄く。恐れる間もなく、ずく…っと長大なものが、入谷の中に潜り込んできた。

「ああ。あああ……」

入谷は全身に鳥肌を立たせ、待ち望んだものが与えられる快楽に悶《もだ》える。

息を吐いて男を迎え入れる方法を、いつの間にか体得していた。

「あっ、ああ、ンッ……」

ひどく甘ったるい吐息が洩れた。感じきった声だ。

本当に、男に抱かれるのに慣れ、喘ぐ声だ。

「いいもんだな。こんな、男に抱かれて気持ちよくなるのが仕事とは。軍も人が余ってるのか？」

男に向かって仰向けになり、男根を受け入れ喘ぐ、そんな仕事を入谷は認めたわけではない。

だが現実として、それが己の仕事なのだ。

（こんな、ことが……っ）

絶望に目の前が暗くなる。

「…感じていろ。だがお前は、俺を気持ちよくさせるのが任務だということを、忘れるなよ」

最後まで、キエフは入谷に釘を刺すことを忘れない。

そして、入谷は気を失うまで、身体を揺すぶられ続けた。


「…あ…う……」

ずるりと長大なものが、体内から引き抜かれていく。その感覚に、思わず甘い嬌声が洩れ、入谷は慌てた。

キエフが肉楔を引き抜き、突き上げさせられていた入谷の腰が、シーツに崩れ落ちる。うつ伏せたまま、入谷は起き上がる気力もない。

太腿《ふともも》の内側がひやりとする。幾筋も幾筋も、白濁が滴り落ちているのが分かった。

(う……)

じんじん、する……。擦り上げられ続けた媚肉が痺れ、甘い官能の余韻が全身に広がる。

擦られた後孔は、精液を放たれ続け、どろどろで目も当てられない。

シーツも乱れきり、室内に淫蕩《いんとう》な雰囲気が満ちる。行為の激しさを物語っていた。

恥ずかしすぎていやらしい下肢。その上に、キエフが見かねたようにシーツをばさりと投げてかぶせた。

入谷はそれを肩口まで引き上げる気力もなく、なすがままに呆然と空を見つめる。

外はすでに薄暗い。

いったい、何回こうしてあの男の精液を、体内に放たれたのだろうか。

最初の晩までは昼夜の区別もついた。だがもうすでに入谷は、回数も日にちも数える気力を失っていた。

絶頂を迎えると水分を口移しで与えられ、空腹を覚えると食事をして、腹が満たされると行為を再開する。

四六時中、入谷はキエフに抱かれていた。

抱き合うだけの生き物になった気がする。

人間にとって、食欲と同時に性欲という本能だけを満たすための動物になった気分だ。

勃起《ぼっき》しきったものに、ひたすら中を抉られる。だがその甘美さに、入谷は夢中になった。

もうきっと、入谷は前への自慰だけでは満足できないだろう。どれほど誤魔化してもきっと、後ろを質感溢れるもので擦り上げてもらわなければ、性欲を満たすことができないに違いない。

絶頂を迎え、入谷はうつ伏せたまま身体を休め続ける。そろそろ解放して欲しいと思うが、身体を離したキエフが、部屋から出ていく気配はない。

部屋の隅に置かれた椅子にかけていたシャツを、軽く羽織っている。

ベッドから椅子まではわずかな距離だ。壁には染みが浮かんでいる。薄汚い場末の長屋、……そんな場所で、入谷は男に抱かれ続けているのだ。

惨めさが込み上げた。仕事でもエリートとして認められ、その実力を認めさせてきたというのに、その挙げ句、与えられたのが、こんな場所で男に抱かれることだとは。

部下も、入谷がこんな場所で男に抱かれているとは、思いもよらないだろう。

ホテルではないのだから、ルームサービスといった気の利いたものはもちろんない。冷たい缶詰、パサパサのバランスフード、そういったものが行為の合間に食べるものだ。

たぶんまたしばらくしたら、この身体を貫かれることになるのだろう。

あの男の絶倫ぶりときたらどうだ。

入谷が息も絶え絶えになり、最後のほうは反応もできずぐったりとなっているというのに、力の抜けた身体を、揺さぶり続けたのだ。

キエフは部屋の隅に置かれた小さな四角い冷蔵庫の前で屈《かが》むと、ドアを開けた。

「…もうないな」

部屋からほとんど出ず、キエフは入谷を抱いていたのだ。最初に用意していたらしい飲み物は、冷蔵庫から姿を消していた。

「咽喉が渇いたな。何か買ってくる」

キエフが身支度を整える。

「待て」

部屋から出ようとする彼を、入谷は引き止めた。

力の入らない身体を、必死で起こす。ベッドに肘をつくと、扉に向かおうとするキエフのほうを向く。

「俺も行く」

この男を、入谷は信頼しているわけではない。身体だけ奪い楽しんでおいて、ブレスレットを渡さず消えられてはたまったものではない。

「逃げ出したりはしない」

入谷の疑いに気づいたのか、キエフは言った。

「信用できるものか」

入谷は言うと、ベッドに起き上がる。入谷自身も咽喉が渇いていた。ろくなものも食べずに、ずっと閉じ込められるように抱かれ続けていたのだ。外に出たい気持ちもあった。

ベッドの下に散らばっていた衣服をすくい取ると、入谷は手早く身につける。

床に足をついた時、ふらりと身体が傾《かし》いだ。気力だけで床を踏みしめると、扉で待つキエフのもとに歩み寄る。

そんな入谷を見て、キエフはニヤリと笑った。

長屋を出れば、久しぶりの外気が入谷を包み込む。乱暴な運転をした車が、入谷のすぐ横を通り過ぎた。普段どおり避けようとして、入谷の身体がぐらつく。

するとすぐに、横から伸びてきた腕が、入谷の身体を支えた。

「そんなにふらついて。無理をするな」

キエフが入谷を抱き寄せ、肩を抱いた。

「無理なものか」

入谷は言った。

「俺に寄りかかればいい」

「必要ない」

入谷は言い返すと、キエフから身体を離した。

彼に寄りかかるなんて不様《ぶざま》な真似は、許せない。

すると、キエフは意地を張る子供をいなすように、ふっと軽く笑った。

それが余計に、入谷の癪に障る。

元はといえば、こんなふうに支えが必要なほどに苛んだのはキエフのほうだ。腹立たしく思いながらも、入谷を抱き寄せた腕は頼もしかった。

頼れるような安心感をわずかでも感じたことは、絶対に言うまいと入谷は思った。


食糧と水を近くの小さなスタンドで買い込んだ後、荷物のほとんどをキエフが持ちながら、宿に戻ろうとした時だった。

「後ろを振り向かずに聞け」

キエフが言った。

「何？」

先ほどまでとは違う。キエフの雰囲気が変わる。

余裕あるのんびりした声で言いながらも、その声に茶化した様子がないことを感じ取る。

「尾行がついてるな」

「なんだと？」

入谷は驚く。

「なんでそんなものが」

「さて、俺か、お前にか。それともどちらにもか。俺にはさしあたって後を尾《つ》けられるような任務についた覚えもない。お前のほうじゃないか？」

「軍が？」

入谷は眉《まゆ》をひそめた。

「ああ。あんな下手くそな素人くさい尾行、俺たちがすると思うか？」

やはり、軍が入谷を見張っていると考えるのが妥当だろう。

「お前が逃げずにちゃんと俺に接触し、任務を果たしているかどうか、だ。お前に俺が出した条件、それを軍は見抜いていたと見える」

それでは、入谷がどうやってこの男に接触し、どんな任務を与えられているのか、他の者にも筒抜けになっているということだろうか。

男に抱かれるという任務を、己が属する職場が知っている。周囲の同僚の誰《だれ》かが。屈辱と羞恥《しゅうち》に、入谷の目の前が赤く染まる。

冷酷な上司の顔が脳裏に浮かんだ。

彼の命令だろうか。だとしたら、逃れようとしても無駄だ。

「…ちょうどいい。おあつらえ向きな場所がある」

キエフが言った。彼が路地を曲がる。通りの一本奥に入ったその場所は、元いた場所と同じように、薄暗くすえた匂《にお》いがした。いや、もっと酷《ひど》かったかもしれない。

赤茶けた剝《む》き出しの壁、煤《すす》けた道。どれも入谷が育ってきた環境からは程遠い。

キエフはその通りに、入谷を連れて足を踏み入れる。路地裏の奥に、気をつけて見なければ分からないほどの小さな看板があった。

それがいわゆる連れ込み宿だと知ったのは、中に通されてからだ。

入り口のすぐ横に、フロントとも呼べない受付のようなものがあり、小窓からしわくちゃの手が覗《のぞ》いていた。中に座っている人間の顔は、曇ったガラスに遮られている。通路は二人並んで歩けないほど狭い。

「空いている部屋は?」

「二階の突き当たりだよ」

ぶっきらぼうな老婆の声がした。彼女は、キーを放り投げる。

入った途端、一階の脇《わき》の部屋から行為の最中の声が洩《も》れ聞こえ、入谷は足を止める。

薄い壁に、安普請の扉がいくつも並び、宿全体に安っぽい匂いが充満していた。入谷はこんな場所に入ったことはない。知識としては知っていても、実際に存在することすら初めて知ったような状態だ。

性に初心《うぶ》なほうだったのだと気づかされるのは、こんな時だ。

階段を上るキエフに、入谷は青ざめたままついていく。自分を取り巻く状況を、現実味のないものとして、入谷は捉《とら》えていた。

二階の突き当たりの部屋に、キエフがキーを差し込む。狭い部屋だった。ただ、それそのものを目的としているのか、遊具が置かれているのが特徴的だ。

わざと、入谷はそれらが目に入らないようにする。

本当にこんな場所で、彼は自分を……？

「あ……っ！」

躊躇《ちゅうちょ》する隙《すき》も与えず、キエフが入谷をベッドに押し倒す。

「こんなものもあるみたいだな」

さも楽しそうに、キエフが言った。

ベッドのヘッドの部分に備えつけられていたのは二つの輪だ。それがアルミ製の手錠だという
ことは、キエフによってそこに繋《つな》がれて初めて分かった。ガチリという音とともに、錠がかかる。

入谷の手首に硬い感触を与えた。鍵《かぎ》がなければもう外れない。

キエフが入谷の服を脱がしていく。

「…こんなことをしなくても、俺は……」

前をはだけられながら、入谷は圧《の》しかかる男に訴える。いくら男同士の行為を嫌悪していても、
拘束しなくても抵抗しないだけの覚悟はしている。

「尾行されていると言っただろう。外に人の気配がある」

キエフが入谷の耳元に口唇《くちびる》を近づけると囁《ささや》く。

「お前も、任務をきちんとやっているように見せたければ、プレイに興じろ」

任務遂行の証明のために、男に抱かれているのを、他人に見せつけなければならない。

己の堕《お》ちた立場に、入谷は目の前が暗くなるのを感じた。


「ああ……っ」

ずるりと肉棒が引き抜かれていく。入谷は結局、玩具《おもちゃ》のような手錠で繋がれたまま、抱かれたのだ。

尾行の気配はすでに消えていた。

その他にも、備えつけられていたさまざまな道具を、キエフは試した。

その間に乱れた己は、目も当てられない。

遊戯に興じ、性を快楽を得る手段として楽しむような性質だと、入谷を追った人物は思うに違いない。

さすがに傷ついた瞳《ひとみ》を隠すこともできず空を見つめていると、キエフが言った。

「無理やり、不本意に抱かれているより、お前も納得して楽しんでいるんだと思わせたほうが、お前のプライドも守れるんじゃないのか?」

このようなことくらいなんでもないと。上司の命令に不本意ながら従い、傷ついているとでも思われれば、相手に嘲笑《あざわら》われるだけだ。それより、自らその立場を楽しんでいると思わせたほうが、己のプライドは守れる。

この男がこんなことを言うとは思わなかった。まるで慰めるような言い方に、入谷は驚く。何より入谷が守りたいのはプライドだ。塔のように高いプライドを、傷つけられるのを何より嫌う入谷の性質を、彼を抱く男はすぐに見抜いた。

プライドを守る方法を告げられ、入谷の瞳に元の力強さが戻る。

意外だった。この男の意外さに、入谷は戸惑《とまど》う。

それは、優しさなのだろうか。彼を見直す気持ちが浮かび、入谷は深い困惑に突き落とされる。

この男を、信じてはいけない。この男に心を許してはいけない。そう思っている。だが、この男ときちんと対面してみたいと、初めて思った。

いったいどういう人生を、彼は歩んできたのだろうか。

軍も一目置く男だ。調査書類を見たが、経歴もずば抜けている。

なのになぜ中央官庁の安全な場所ではなく、現場の、闇《やみ》の世界を好んで渡り歩いているのか。

彼自身に興味を持ったのは初めてだった。彼を知りたいと思ったのも。

彼を満足させるのは、単なる任務だ。そこに情はいらない。

それに、こんな男に抱かれるという任務も過去も、消し去ってしまいたい出来事だ。

仕事さえ終わりブレスレットを取り戻せば、もう二度と、彼と会うことはない。彼はもともと、入谷の人生に交錯する共通点を持たない人物だ。

任務さえなければ、彼とは知り合うこともなかっただろう。そしてこれからも。

そう思った時、浮かんだ一抹の寂しさ…空虚な気持ちを入谷は飲み込む。

ただ、彼の言葉に、心がわずかでも慰められたのは事実だ。

彼を初めて見直そうと思った時、キエフは身体《からだ》を起こすと、壁際に近づいていく。

簡素なテーブルに向かう。それを見下ろすと手をかけ、ずい…っとテーブルをずらす。

すると、そこには壁に穴がぽっかりと口を開けていた。崩れた薄い壁、安宿にはよくあることだ。だが、キエフはその穴の中に手を突っ込んだ。

「……?」

彼の行為を見守っていると、キエフは手を引き抜く。

その手には、ビデオカメラが握られていた。

入谷は目を見開く。

「こんなところに、隠しカメラが仕込まれていたみたいだな」

「嘘《うそ》…だろう…っ?」

入谷は言葉を失う。壁の内側は空洞で、そこに紙袋に入ったビデオカメラが置かれていた。レンズは室内に向けられている。

「ご丁寧に、受像機と、ビデオだ。映像がすぐに再生できるようになっている。前の客が悪戯《いたずら》で仕掛けたのか、それとも、この宿が客の行為を勝手に録画し、ビデオとして売りさばいているのか」

まさか、今のキエフとの行為も……？

思い出したくもない変態じみた行為に、入谷は目の前が暗くなる。

「せっかくだから、見ていくか？」

キエフがビデオを片手に平然と言い放つ。彼は男と抱き合う行為を録画されても、なんとも思わないのだろうか。気にした様子はない。それどころか愉快そうだった。

「嫌だ。やめてくれ…！」

入谷は抵抗する。制止を促すが、キエフはカメラからテープを取り出す。室内にあるテレビの下に置かれたビデオデッキにテープを挿入すると、画像を再生する。

玩具といえども、すぐには手錠は引き千切れない。

テレビのスイッチを入れると、途端に映像が映った。

声が流れ出す。

『ああ…っ、あああ…っ。い、いい…っ、もっと、突い、て…っ』

(っ!!)

あのいやらしい言葉は、本当に自分が吐いたものだろうか。

『男に犯されてそんなに気持ちがいいか？』

『ん、いい。もっと、して、くれ…っ』

そこには男に犯され、喘《あえ》ぐ入谷の姿があった。

手錠で両手首を頭上に繋がれ、両脚を大きく開いて狭間《はざま》に男を迎え入れる姿……そして、その狭間に赤黒い脈動を伝わらせるものが、ずるずると出入りしているのが見えた。

入谷の中が、男を受け入れている。男の欲望を、挿入され中で蠢《うごめ》かされている。

傍らに落ちているのは、挿入の寸前まで突っ込まれていた遊具だ。それはオイルを塗られ入谷の中でさんざん擦《こす》られたせいで、ぬるぬると光っていた。

そして、入谷は男に挿入を、もっともっととねだっているのだ。

痴態を見せつけられ、入谷の目の前が羞恥のあまり真っ赤に染まる。

「やめて、くれ。見たくない」

ベッドの上で仰向けになったまま、入谷は首を左右に振った。

キエフがベッドに戻ってくる。

ビデオを再生したまま、入谷の上に圧しかかる。彼の手には、先ほど使用した玩具が握られていた。

「やめてくれ、いやだ、いやだああ…っ！」

入谷は叫んだ。けれどキエフはそれを無視し、入谷の中に恐ろしげな玩具を埋め込んでいく。

「ひう…っ、あ、ああう…っ」

男に抱かれている姿をビデオで流されながら、抱かれる。

画面では痴態を晒《さら》し、淫靡《いんび》な性交に耽《ふけ》る男の姿がある。それが紛れもなく自分だということに、眩暈《めまい》がした。ポルノビデオに出演している女優のように、激しく男に貫かれ、身悶《みもだ》えている。

『ああ。ああ…っ！　あ』

『いいんだろう？』

『んっ…あ、い、い……』

ずっぽりと性具を埋め込まれた入谷の姿が、画面には映し出されている。そして、画面の中の己と同じ格好を取らされ、今の入谷も玩具を使われているのだ。

背徳的なプレイに、最初は嫌悪を感じていた入谷だが、次第に異常な行為にのめり込んでいく。入谷を感じさせた後、玩具を引き抜くと、キエフは己のもので入谷を貫いた。

「感じやすい身体だな」

キエフの肉棒が、入谷を翻弄《ほんろう》する。両足を、画面に向かって大きく開かされる。すると画面の中のキエフと目が合うのだ。

まるで、テレビの中のキエフと、目の前にいるキエフの両方に、犯されているような気分に陥る。キエフの目線が、入谷の痴態を射抜く。彼の力強い眼光に、何もかもを暴かれているような心地がする。

画像の中で、キエフが入谷の身体を貫き腰を突き入れながら、目も逸《そ》らさずに口角を上げた。

まるで、カメラ目線のように。

(こいつ…っ)

もしかしたら、最初から隠しカメラが仕掛けられていることに、気づいていたのかもしれない。そうでなければ、あれほど正確に目線を寄越すはずがない。しかも入谷の顔を晒し、見せるように顎《あご》をすくい取って……。本当に、ビデオに出演している俳優になったみたいだ。

(なんて、奴…っ！)

憤怒《ふんぬ》に目の前が真っ赤に染まる。

「見ろ。お前の姿を」

キエフが入谷の顎を取り、画面を真正面から見せる。いつも、そうだ。キエフは入谷のプライドを、突き崩すように抱く。目を背けることを許さない。

テレビには、キエフの腕に抱かれ、眉をひそめ悶える自分の姿がある。しかも、映る表情は苦痛ではない。喜悦だ。湧《わ》き上がる快楽を堪《こら》えようとするばかりだ。

『あ、ああー…っ』

スピーカーから洩れる自分の嬌声《きょうせい》が、耳を突き刺す。

(これが、俺の声か…?)

ひどく、甘い。たっぷりと媚《こび》を含んだ、艶然《えんぜん》とした声音だ。

声だけ聞けば、嫌がっているようにはとても聞こえない。

それどころか、下肢にずっぽりと男根を埋め込まれた部分が熱くなる。熱を帯び始め、じん…と疼《うず》いた。貫かれていながら、ますます身体が淫靡な興奮に煽《あお》られ、どうしようもないほど敏感になってしまう。

『い、いい…っ、も、もっと、突いて、くれ…っ』

ビデオの中の、入谷の声がねだる。

『あ、もっと、欲しい。あ、いい。いい…っ、ああっ。すごい、そこ…あっ、ひぅ！」

気持ち良さそうに入谷が喘いでいる。狭間に紛れ込む音響は、粘膜の擦れ合う音だ。肉棒が突き刺さり、抜き差しされるぐちゅぐちゅという音も、鮮明にマイクは拾っている。

（もう…）

首筋を吸われると、ぐにゃりと身体から力が抜けていく。身を任せるように男の胸に背をもたれさせれば、強く抱き竦《すく》められる。入谷は確実に、後ろだけの刺激で絶頂を迎えることができるようになった。

こんなに性に執着する性質《たち》ではなかったのに、キエフに抱かれれば、恐ろしいくらいに下肢が熱くなる。こうして、画面越しに見つめられただけで、媚孔《びこう》が疼いてたまらなくなる。触れられれば肌が痺《しび》れたようになって、全身から力が抜けてしまう。

まるで、キエフに逆らえなくなったみたいに。

身体から力を抜き、キエフの愛撫《あいぶ》の掌《てのひら》に身を任せると、敏感な性感帯がますますその鋭敏さを増す。

(どうしようもなく…感じる)

自分の身体が、自分のものでなくなる。この身体はキエフの…抱く男のためのものだと、思わされる。

画面では絶頂を迎えてなお、キエフに責め続けられる自分の姿がある。

今映っている入谷は、上りつめたばかりの鋭敏な感覚の中、胸の尖《とが》りをキエフに舐《な》められていた。身悶え、快感に打ち震えながら、悦《よろこ》びに頬《ほお》を紅潮させている。

舌腹が充血した突起をざらりと舐め上げた時の快感が、蘇《よみがえ》ってきた。乳首の周りの肌も一緒に、ぬるついた舌で舐められる。

『あん…ああ』

みっともないくらい、甘い声だった。耳を塞《ふさ》いでしまいたい。けれど、背後から拘束するように抱き竦められていて、それはできない。気持ち良さそうに、入谷が喘いでいる。

(あんな、顔をして…)

男に抱かれる顔を、見せつけられる。

『達《い》く、達く…っ。あ』

『お前は男に抱かれるのが好きか?』

『…あ、す、き…』

責め続けられて理性は残っていないのか、ビデオの中で入谷が信じられない言葉を口走る。記憶になかった。

『だったら言ってみろ。お前は男に抱かれるのが好きだって。こうして男の勃起《ぼっき》したもので中を抉《えぐ》ってもらって、かき回されるのが好きだって』

『あ、俺は…男に抱かれるのが好き…。中を抉ってもらってかき回されるのが、す、き…だ』

もう目も当てられない。

再び挿入される時、入谷が身体を強張《こわば》らせた。それは無意識の行動だ。もうこの三日間で、キエフに何度も抱かれた。入谷の身体で、キエフが知らない場所などとっくにない。

強張った身体を、キエフが力ずくで押さえつける。そして抵抗を奪われ、無理やり貫かれるのだ。恐ろしいと思うのに、キエフはそうはしなかった。

怯《おび》えた素振りを一瞬でも隠せなかった入谷を、胸に抱きしめたのだ。

そして、宥《なだ》めるような口づけを、耳に落とした。

(何……)

まるで優しいとも言える行為を向けられ、入谷は戸惑う。ビデオに映る入谷は、キエフの行為に気づかない。ずぶずぶと貫かれ、再び眉を寄せて、衝撃に耐えていた。

期待はいつも裏切られ、絶望へと変わる。

ひどくいやらしいことをされていると思う。なのに、胸を舐め上げられれば、甘い疼きとじんじんとした痺れに胸全体を支配され、それは電流になって身体の秘芯《ひしん》に流れ込む。

入谷はキエフのもたらす性感と行為に、すべてを翻弄されていた。入谷の肌も、キエフの掌の感触を覚えている。たぶん、暗闇で触れられても、入谷はキエフの掌なら分かると思った。

「ここをあんなふうにもう一度、舐めて欲しい？」

甘い余韻を残し、いまだに痺れている乳肌を、指腹でなぞられる。羽根が触れるような感触にすら、切ない刺激が込み上げた。

「あ…」

ぴくん、と入谷の肉茎が打ち震えた。

(俺は…こんなことをされているのに)

股間《こかん》の狭間で勃《た》ち上がったものは、先端から悦楽の蜜《みつ》を零《こぼ》していた。キエフに触れられると、自分でも恐ろしいくらいに不思議に淫心《いんしん》を煽られてしまう。

身体中が火照《ほて》り、媚肉が柔らかく蕩《とろ》けていく。自分が恐ろしい。画面に映っている入谷の秘唇は、大きなものを美味《うま》そうに頬張っていた。あの時の、男に抱かれる快楽、それを思い出しながら、抱かれる……。

今から、あれと同じことをもう一度されるのだ。心とは裏腹に期待に身体が打ち震える。

(いやらしすぎるのに…気持ち…い、い…)

ビデオに映る行為と、同じことをなぞられる。映っている体位と、同じことをされる。

犯されているものを見せられている、それだけで、入谷は達ってしまいそうだった。

今の自分は、ビデオの映像を流され、同じような体勢で抱かれている。卑猥《ひわい》なプレイのような真似《まね》をされて、それでも悶えている。

ビデオで見せつけられた自分の姿が、脳裏を回っている。裸に剝かれ両足を大きく男に向かって開き、その狭間に男の身体を受け止め、肉楔を打ち込まれているのだ。なのに気持ちよさげに喘ぎ、悶えて……。

自分の姿を想像するだけで、卑猥さに肉茎が疼く。

キエフが入谷の身体を引き倒すと、己の身体の下に組み敷く。そして、再生されている映像と同じ体勢で、入谷の胸を舐め回し始めたのだ。生温かい粘膜で包まれる執拗《しつよう》な責めに、身体全体がむず痒《がゆ》い痺れに支配される。

「あっ、あっ」

高い声が、自然に洩れてしまう。自分の上げる声にすら、興奮する。

甲高い声を、征服する男によって上げさせられる。

「このままここをずっと、舐め続けてやろうか？　ふやけても。そうだな、一時間くらいは」

「する、な…っ」

ふやけるほどに執拗に責め抜かれたら、胸の突起は蕩けてなくなってしまうのではないか。

それ以上に、鋭敏すぎる身体は絶頂を極め、理性をなくし、自分がどうなってしまうかわから

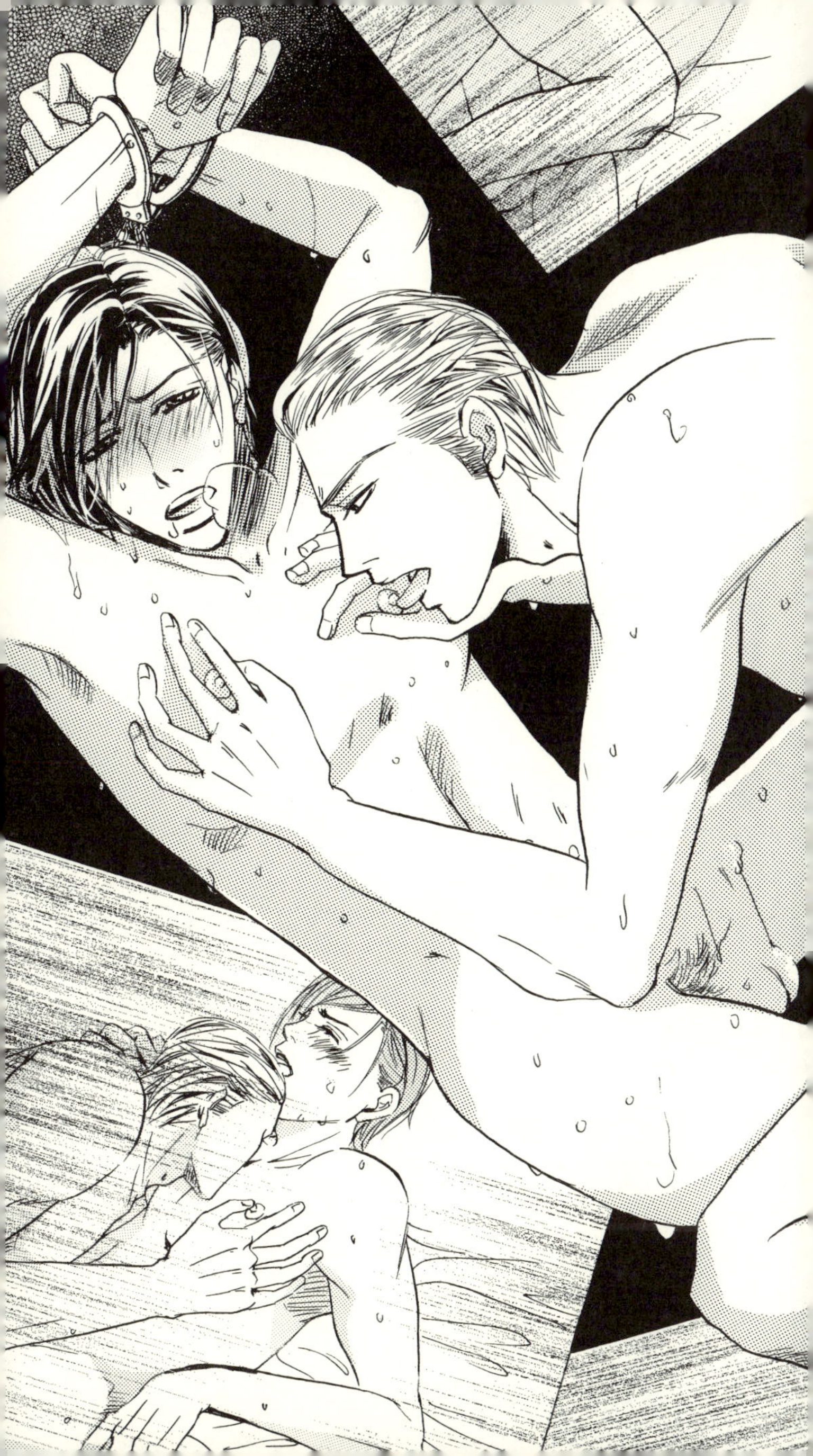

ない。

「ここを苛《いじ》められるのが、お前は本当に好きだな」

尖りを摘《つ》まれ、捏《こ》ね回される。指の腹の隙間から、尖らせた舌が先端を突く。

「あぅぅ…っ、や、め…っ」

ずきずきと快楽が胸を走り、本当に感じすぎて死んでしまう、そんなことが自分の身に起こりそうだった。

「今日はここだけで、達けそうだな」

キエフの言葉に含まれる揶揄《やゆ》に、入谷は胸を痛める。けれど快楽から逃れることはできない。

「あああッ、もう」

ざらりとした舌が、幾度も幾度も尖りを舐める。舐め蕩かされてしまう。胸に、全身の性感が集中している。

「そのうち、ここを舐めてもらわなければ、達けないようになるかもな」

ここに連れてこられる間、乳首がシャツに擦れただけで、そこはじわりとした疼きを入谷にもたらした。シャツを着ているだけなのに、一人淫靡な気持ちに陥る自分と、シャツの摩擦にすら快楽を感じ取る自分の身体が厭《いと》わしい。そんな身体に変えたのは、入谷を抱くこの男だ。

「あっ、あぅっ」

「お前の声は合格だ。俺を満足させるという条件にはな」

「満足…なんて…っ。俺よりもっと…っ、適当な人間がいるだろう？」

快楽を与えるのを専門にしている娼婦とか。

「いや。俺は、お前のような物慣れない身体を飼い慣らすのが好みだ」

「え…」

「それに、従順で、自ら足を開くような女に興味はない。お前のようなきつい目をした、清廉潔白でエリート臭をぷんぷんさせたような男を見ると、その鼻っ柱をへし折りたくなる。それが俺の身体の下で悶え、快楽に泣くんだ。愉快だろう？」

「最低だな」

「だがその最低な男に喘がされ、足を開いているのはお前だ」

ぐ…っと力を込めて、入谷の膝《ひざ》が割られる。入谷も鍛えていないわけではない。だが、キエフの下腹は割れるほどに硬い。

どのようなトレーニングをしているのだろうか。無駄のない筋肉のつき方は、芸術品か彫刻のようだった。引き締まった下腹が当たる。

「お前の身体は触り心地がいい」

柔らかい女の身体を抱けばいいのに、物好きな奴もいるものだ。

肉裂を屹立《きつりつ》で割られ、入谷は高く啼《な》いた。

＊

地図を辿《たど》り、吉永はある教会に来ていた。

サンクトペテルブルクからバスでほんの三十分ほどの、大学都市だ。駅でバスを降りて少し歩くと、閑静な住宅街が連なり、住む人々を見守るように、教会が姿を現した。

さまざまな地図の縮図を比較し、合致した場所とエメラルドの嵌《は》められていた点に位置するのが、この場所だった。

石畳の路を踏みしめ、重厚な木製の扉を開く。

内部はごく普通のロシア正教の教会と変わりない。

祭壇があり、イコン（崇拝の対象である神や聖人が描かれた絵）が飾られている。古びた木製の額縁は華美ではなかったが、清廉な気配をたたえていた。背景は温かみのある黄土色で、マリアが幼いキリストを胸に抱いている。

「あれは…！」

イコンに描かれたマリアは皇女の顔にそっくりで、キリストを抱く手首には、…吉永の持つものと似たようなブレスレットが嵌められていたのだ。

(見つけた…！　見つけたぞ…！)

吉永は軽い興奮を覚えた。

「あの、…ここは日本のガイドブックにでも載っているんですか？」

すぐ後ろに、人の良さそうな司祭が立っていた。

「え？」

吉永は振り返る。

「その、先日もあなたのような男性がいらしていたから」

(っ!!)

日本人がこんな片田舎の教会に、理由もなく来ることはないだろう。

司祭が言う人物が、誰を指すかは言うまでもない。

(酒井さんだ…！)

吉永は思った。

「どういう人ですか!?」

「日本人だと思いますよ。黒髪で三十代後半だったかな。熱心にイコンを見つめてました」

年齢も酒井に合致する。

「あの、お願いがあるのですが」

「なんでしょう?」

「あの絵を外して、間近で見せていただくことはできませんか?」

吉永の質問が意外だったのだろう。司祭は眉をひそめる。

(しまった…! 焦りすぎたか?)

「いえ、その、…あまりに素晴らしいので、近くで拝見したいと思いまして」

「…ええ?」

司祭の目つきが、余計に胡乱《うろん》なものに変わる。

吉永の言い訳は、かえって彼の不審感を煽るだけだったらしい。

「その、怪しい者ではないです。俺はこういう者で」

身分証を取り出す。だがこの国では、それは大した効果をなさなかったらしい。

「イコンは大切で神聖なものです。おいそれと外すことはできませんよ」

「そこをなんとか…!」

吉永は食い下がる。

「見せてやってくれないか?」

すると、低い声が教会に響き渡った。

(な……っ)

吉永は驚愕《きょうがく》に目を見開く。アレクセイが立っていた。相変わらず、一分の隙もないスーツ姿に、コートを羽織っている。スタイルがよく長身でなければ似合わないデザインで、ロングの裾《すそ》を翻す様に思わず目を奪われる。

やはり、いい男だ。この男に、吉永は身体を組み敷かれていた——。

染まりそうになる頬を認めたくはない。

なぜ、この場所に？

まさか、後を尾けられていた？

内心で舌打ちをする。

どうりで容易に解放されたはずだ。最初から見張られていたのなら、それも分かる。

（ならば、俺の動きは、アレクセイに全部知られてたってことか……？）

自分の間抜けさが悔しい。

だがあの時は、屋敷から出られるのが嬉《うれ》しくて、そして、この男に抱かれなくて済むという喜びに酔い、他のことに思考が回らなかったのだ。

「これは……」

司祭は驚いたようだった。

「私から頼む。見せてやってくれ」

吉永に対するものとは違う、紳士的な態度だった。横柄な命令などしない。

「…そうおっしゃるなら」

吉永は目を見開く。

いったいこの男は、本当に何者なのだろう。

こんな教会にまで、アレクセイに敬服しているようだった。

司祭は心から、アレクセイに敬服しているようだった。

こんな男なんかに。司祭の反応に驚く。

だが、自分の背後にある権力よりも、この国ではアレクセイの持つ権力を利用したほうがいい。

「後を尾けていたのか?」

それには、アレクセイは答えない。

だが、この場所にタイミングよく現れたことからも、それは事実だろう。

ブレスレットを吉永の手元に残したまま、まるきり解放されるとは思わなかったが。

尾行に気づかなかった自分の不甲斐《ふがい》なさが悔しいのだ。吉永も訓練は受けている。だが、アレクセイの部下のほうが、尾行には長《た》けていたということだろう。

それほどに優秀な人物を擁する彼の正体に、謎《なぞ》が深まるばかりだ。

吉永も酒井の足跡を辿ることばかりに、目を向けていたわけではない。

本部に連絡し、アレクセイがロシアでも有数の実業家だということは調べ上げた。

後ろ暗いところは何も見つからない。…今のところは。

ただもう一つ、興味深いことを本部は言っていた。

ロシアの経済を動かすロシアンマフィア、そのトップがどうしても分からないという。豊富な資金力を利用し、この地での活動を活発化させている。軍もKGB《カーゲーベー》も一目置いているほどに、その権力と勢力は強大なものだそうだ。

いったい、それは誰だろう？

きっと屈強で恐ろしくて、迫力のある男に違いない。

司祭はアレクセイの願いに、イコンを外した。

「どうしたい？　好きにすればいい」

どうせこの男に、己の行動は筒抜けになっているのだ。

「知っているのか？　酒井さんのことを」

「知らないと言ったはずだ。それは誓ってもいい」

この男はいけすかないが、嘘をついたりはしないような気がした。

それにこのブレスレットの本来の持ち主は、この男らしい。

華麗な宝飾品や繊細な工芸品は、この男が持つのに相応《ふさわ》しいとも思う。

もしかしたら、この男はこのブレスレットの謎を、知っているかもしれない……。

ならばあえて彼の前で隠さなくてもいいだろう。

吉永は覚悟を決めると、イコンに描かれた女性の手首に目を凝らす。

やはり。そこには波状の模様があった。

「大切な絵画だと思いますが…これに触れてもいいですか？」

吉永は神聖なものへの敬意を払い、司祭に尋ねる。

「…ええ」

司祭は先ほどの態度とは打って変わって、吉永の願いをすべて叶《かな》えようとする。

たぶんそれは、アレクセイの力だ。

絵は、表面にうっすらと埃《ほこり》が膜を作っていた。

これならば、表面にインクや蠟《ろう》をなすりつけるような非礼はしなくても済みそうだ。

吉永は胸ポケットから便箋《びんせん》を取り出す。そして絵に押し当てると、絵を傷つけないように注意を払いながら、版画を作成する要領で擦った。

その様子を、アレクセイは黙ったまま興味深そうに見つめている。

埃をすべて紙に移し、反転させると……。

（これだ…！）

吉永は映し出された絵を凝視する。

ブレスレットの波状の模様が紙ナプキンに映し出されたのと同じように、地図らしき模様が、浮かび上がったからだ。

一度目と同じように、場所を突き止めれば、そこからはそれほど難しくはなかった。車で送ると言ったアレクセイを断り、あえてタクシーを使った。わざわざタクシーを呼んで、かなり待ったがそれも仕方ない。

彼の息のかかった運転手の車に乗れば、どこに連れていかれるか分からない。ロシアの片田舎から、都市部に戻る。

深まる夜――。

「ついてくるのか?」

「お前のような奴を、一人歩きさせるのは危なっかしいからな」

車を降りた後、吉永の後ろをアレクセイが歩いてついてくる。

普通の成人男性である吉永にかけるには、不似合いすぎる言葉に、吉永はむっとする。だが、ここの地理に吉永は不案内だ。いざという時に利用できる相手、そう思って、吉永は彼を追い払うことはしなかった。

彼は本当に、このブレスレットに関《かか》わる意味も、酒井の行方も知らないのだろうか……?

吉永は地図の指し示した場所に向かう。

今度こそ、酒井の足取りに近づける。

期待が、いやがおうにも高まるのが分かる。だが…。

「これは……」

地図の場所には、今度は教会のようなものも、次に繋がる手がかりらしきものもない。運河が巡る中橋を越え、やっと辿り着いたというのに。オフィス街の中心地という場所が、悪かったのかもしれない。車が行きかう交差点に、レストラン、コーヒーショップ……。

そしてまさに地図の示す場所は、とっくに近代的なビルに変わっていたからだ。

「おい、そろそろ帰るぞ」

「…ああ」

アレクセイに声をかけられても、吉永はその場に座り込んだままで、動く気がしなかった。

期待していた分、落胆は大きい。

諦《あきら》めきれず、何度もビルの周囲を歩き回った。

どこかに手がかりはないかと探ってもみた。

だが、近代的なビルに、古いイコンと歴史あるブレスレットは結びつかない。

ブレスレットに謎を託した人物は、このビルが建てられた時代には生きていない。

(酒井さん……)

なんとか彼を見つけ出したい。

危険に晒されているのなら、助け出したい。

そう思っていたのに、再び彼との距離が開いたような気がする。

どこで間違ったのか。手がかりが間違っていたのか。

吉永は考え込む。

「私の屋敷に戻るぞ」

「なんで俺があんたの屋敷に帰るんだ?」

酒井のことを考えていて気にも止めていなかったが、吉永ははっとうつむいた顔を上げる。

彼の屋敷を思い出す。

豪奢《ごうしゃ》な長テーブルに花が飾られ、磨き抜かれた銀の食器に温かい蠟燭《ろうそく》の炎……湯気を立てた食事を思えば、きゅうっと吉永の腹が鳴った。

彼の屋敷に行けば、給仕付きの食事を与えられる。ただし、…抱かれたご褒美、だったが。

日が沈めば、ロシアの夜は冷える。だが、アレクセイは先に帰ってもいいのに、考え込む吉永を邪魔しないようにそばに立っている。

吉永が立ち上がるまで、根気よく付き合っている。

冬ともなれば極寒のロシアの地だ。コートを着ているとはいえ、アレクセイも寒さを感じないわけではないだろうに。

「ここで考えていても仕方がないだろう。風邪《かぜ》をひくだけだ。風邪をひけばいい考えも浮かばない。だったら温かい場所で考えたほうがいいと思わないか？」

アレクセイは言った。

「だから、なんでそれが、あんたの家じゃなきゃならない？」

「私の家なら、これからホテルに電話して予約する手間が省ける」

その言い方が妙におかしくて、吉永はふっと表情を和らげる。

思いつめて考えていても、仕方がないかもしれない。

吉永は立ち上がる。するとずっと座っていたせいか、足元がふらついた。

「あ…っ」

ふらつく吉永を、アレクセイは腕を伸ばし支える。

（あ……）

彼の温かい体温に包まれ、己の身体が冷えきっていたことに気づく。そして、凍えるほどの中、アレクセイが吉永の気が済むまで、待っていたことと……。

この男なら真っ先に、温かい場所に避難しそうなのに。

（なんで……）

体温を分け与えるように、アレクセイが吉永を柔らかく抱きとめる。

吉永を抱き込むと、アレクセイは自分の車を呼んだ。運転手付きの車が姿を現す。

深夜も近い今、この辺りは流しのタクシーなんてものはほとんどない。

今度は吉永も、タクシーを呼ぶ気はしなかった。

抱きかかえるようにして、アレクセイが吉永を中に促した。


アレクセイは酒井の消息が途絶えた原因である、敵かもしれない。

抱き合ってもその不安は常につきまとう。けれど、そうあって欲しくないという気持ちが勝り、自分の気持ちに戸惑っている。

アレクセイは吉永の身体を蕩かすように抱く。

もっと酷い真似をしてもいいのに、吉永を充分感じさせるのだ。

結局、ホテルに寄ってくれと言った吉永を、アレクセイは自分の屋敷に連れて帰ったのだ。

運転手もアレクセイの命令に従い、途中で降ろせと言った吉永の言うことはきかなかった。車から飛び降りることもできず、屋敷に連れていかれる。

(だから、奴の車には乗りたくなかったんだ……)

屋敷に戻れば、周囲はすべてアレクセイの仲間だ。

吉永は仕方なく、アレクセイの言うままに、彼に抱かれた。

もちろん、おとなしく身体を開いたわけではない。

暴れたし、抵抗もした。前回は不意打ちで気を失わされていたから、普通の状態ではなかった。でも、今は、不意打ちを喰《く》らったわけではない。正面から彼に立ち向かったが、決して弱いわけではない吉永を、アレクセイは力で捻じ伏せた。

（くそ……っ）

身体の奥の芯に残る甘い鈍痛を、吉永は呪《のろ》う。

なぜ——彼は、吉永を抱くのか。

もっと吉永の持つ情報を、引き出すためだろうか。

だが、吉永はほとんどブレスレットに関する情報を持たない。それは、一緒に捜索した今日の出来事で、分かっただろうに。

なのになぜ、こうして吉永を抱くのだろう。必要があるとは思えないのに。

今もひとしきり熱く脚を絡ませ合い、火照った身体が冷めるまで、アレクセイは吉永を抱きとめている。

汗の浮かんだ肩を竦ませれば、アレクセイがそっと身体を離した。

「待ってろ」

言い置くと、一旦寝室を出ていく。ほどなくして戻ってきたアレクセイの手には、マグカップが握られていた。カップからは湯気が立っている。

「ほら、飲め」

「え？」

手渡されると、甘い香りが鼻に届く。とろりとしたホットチョコレートだった。

「充分、お前の身体は温めてやったと思ったが、風邪をひかないようにこんなものでも飲んでおけ」

「温めてって…おい」

「冷えきるまであんな場所に座り込んでいて。一晩明かしたら死んでたぞ。この国の冬を舐めるな」

「なんだよ。あんただって長い時間立ってたくせに」

自分に付き合うなんて酔狂なと思う。ただ、…風邪をひくなと気遣ったり、この男の気まぐれを向けられるたび、優しさだと勘違いしそうになる。自分を、気遣ってくれていると。

「こんな…ホットチョコレートだなんて」

自分にこんなチョイスは、可愛《かわい》すぎるのではないかと思った。すると…。

「まだお前の反応は拙《つたな》くて子供っぽいからな。もっと私を満足させられる身体になれば、ブランデー入りの紅茶でも、飲ませてやる」

「お、おい…！」

吉永の頬が瞬時に赤くなる。

「まあいい。お前の身体を慣らすのは、これからの私の努力次第ということだな」

その言葉に、吉永は青ざめる。

まさかまだ……？　手放さないというのだろうか。

「やはり…見つけるのは難しいのか……」

手がかりはなかった。先ほどの近代的なオフィスビル、その場所に辿り着くまでに、すでにロシア中央図書館にも通った。教会を見つけるために、市役所や法務局にも足を運んだ。参考文献を片っ端から読み漁《あさ》ってみたが、なんの手がかりも見つからない。

ロシアに滞在できるのも、あとわずかだ。

「お前の先輩が追い求めたのは、謎なのか、それとも財宝なのか」

アレクセイが言った。

「私は、財宝には興味はないな」

たぶん、彼はそうだろう。

「眺めていた絵画。ロシア革命や皇女に興味があるのか？」

「……」

「以前から、財宝目当てに近づく人間は多かった。だが、謎は謎のままでいいんじゃないか？」

この男から、そんなロマンティックな言葉を聞くなんて。柄にもない。

「お前の先輩とやらは、謎のままでいいことを、あえて探ろうとした。だからいなくなった。それは人為的なものよりも、歴史的なものが作用したのかもしれない」

我が息子に捧ぐ――その銘が刻まれたブレスレット……。

「皇女がロシア革命で逃げおおせることができたなら、それが恋人の助けによるものだとしたら、それは心を打つ話だとは思うけどな」

「だとしたらなおさら、結ばれた二人をそっとしておいたほうがいいんじゃないか?」

「だが、酒井さんの行方は別だ」

心から心配している。だから来たのだ。

「お前が酒井のことを話すたびに、胸が焦げつく想いがするな」

アレクセイがベッドに片足を乗り上げてくる。スプリングが深く沈んだ。

「…あ…」

「酒井は恋人だったのか?」

「違う…っ。大切な先輩だ」

「大切な、ね」

アレクセイが他の男の話題を口にする吉永の口唇を、自らのもので塞ぐ。

甘いチョコレートの香りのする口唇を、アレクセイが味わうように舐める。

いつからか、彼は本当に酷い行為は吉永にはしなくなっていることに気づいた。

口唇を重ねられても嫌悪は感じない。

そんな自分に戸惑いながら、次第に熱い口唇に溺《おぼ》れていく。


「足を開け、雄介」

「それは、いや、だ…。あ、あああ！」

彼に抱かれるのはいつも、軽い屈辱を吉永にもたらす。

素直に吉永が抱かれることはない。

挿入の瞬間、自分が男ではなくなったみたいで、恐ろしくなる。同じ性を持ちながら、一方は雄々しく逞《たくま》しい肢体を持ち、吉永を征服する。

「あ、ああ」

柔らかい媚肉は、凶器の前ではひとたまりもない。

ずぶずぶと音を立てて、易々《やすやす》と熱楔は吉永を貫く。

吉永がいくら抵抗しても、硬くそそり立ったものの前では無駄なことにすぎない。

「あ、あう、ん！　ああ」

すべてを中に埋め込むと、アレクセイはすぐに律動を始める。

甘さの欠片《かけら》もない、容赦のない動きだ。なのに吉永の中は、すでにアレクセイの形を覚えた。

「ここは嫌だと言っていないぞ？　ん？」

低い笑いが耳元を掠《かす》める。

「あ、ああ」

アレクセイが低く咽喉《のど》奥だけで笑いながら、吉永の耳を嚙《か》んだ。

「んっ！」

痕《あと》が残るほどに嚙まれ、吉永は思わず悲鳴を上げる。その瞬間、つい男根を含んだ下肢に力が入ってしまい、アレクセイを締めつける。

「よく締まる。さすがは鍛えているだけあるな」

運動で日に焼けた身体を見下ろされる。いくら鍛えていても肉壁は柔らかい。剛棒に摩擦されれば、たまらない愉悦が込み上げ、快楽の懊悩《おうのう》に苦しめられる。

「あ、んっ、あ、ああ！」

身体を揺さぶられてこんなふうに啼く自分が、信じられない。けれど、紛れもなく今の自分の身体は、男に抱かれて悦んでいる。

きっともう、自慰では満足できない。前を弄《いじ》って放出するだけでは。

後ろを満たされる充足感を、知ってしまったから。後孔はひたすら熱く、蕩けそうなほどうずうずに疼きまくっている。そこを猛《たけ》りきった男根で突かれる感覚は、壮絶だった。

アレクセイが、吉永の腰に腕を回す。腰を押さえつけられ、ひたすら肉壁を抉られる。

「ああ。ああ」

じん…と強烈な快感が下肢を支配する。

(う、なんでこんなにいいんだよ……)

この男が巧みすぎるのが悪い。

ぬちゃぬちゃという音とともに、ひたすら中をかき回される。

「んっ、ふ、あ、あ」

「よさそうだな、吉永」

「言う、な…っ、んむ…っ」

ほくそ笑む気配とともに、拒絶の言葉を吐く口唇を塞がれる。

(あ、こんなこと、するな…)

アレクセイの舌が、吉永のものを捕えねっとりと絡んだ。口腔《こうこう》を舐め上げられ、逃げる舌を追われる。あくまでも余裕たっぷりの態度で、アレクセイは吉永を責め続ける。

舌を絡めるのも、愛撫を施すのが目的のようだった。

喘ぐ吐息ごと、アレクセイの口腔に消える。

唾液《だえき》の絡まる淫《みだ》らな音、そして下肢はひたすら突かれているせいで、ぐちゅぐちゅという音が途切れることがない。

(い、いい……)

なんでこの男に抱かれるのは、これほどに気持ちがいいのだろう……。

吉永は困惑する。

男に抱かれるのが好きな性質だとは、思いたくはない。

絶対にこの男の手の内から逃げ出してやる。

今は目的があるから、一緒にいるだけだ。彼のそばにいれば、外国人である吉永にとって、ロシアでの行動はスムーズになる。

こうして抱かれるのは、不本意だったけれども。

酒井の安否を気遣う間は、この地に不案内な吉永である以上、どうしてもアレクセイの力は必要だ。

——こいつは、いったい何者なんだ?

経済誌ではトップランクの成功者として紹介されている。若き実業家であり経営者なのかもしれないが、それにしてはこの屋敷は、ずいぶんとセキュリティに気を配っているようだ。

ボディガードらしき人物もいる。物騒な話だ。

単なる社長というのなら、ここまで身を守ることに、配慮するだろうか?

そして彼の持つ、人脈の広さと……。

それと、彼を取り巻く周囲の人々の態度もだ。

司祭も誰も、アレクセイのことは、一目置いた態度で接する。彼らの視線には、尊敬が滲《にじ》む。

まるで、ロシアの皇帝を見る瞳のように。

（まさか、ね……）

彼の愛撫に、吉永は溺れる。

恐ろしいことに最近、一人になると身体がどうしようもなく疼くことがある。

男に抱かれたいと、身体が待ち望んでいる。

一人、シャワーを浴びた夜、服を脱ぎ裸になった途端、アレクセイを焦がれ、恥ずかしい部分がひどく疼いたのだ。熱く熱を持ち、蕾《つぼみ》は男を受け入れたいと綻《ほころ》んだ。

（なんで俺は……）

裸になった途端、身体はアレクセイに抱いてもらえる時間だと錯覚したようだ。

それほどに裸体の吉永は、アレクセイに組み敷かれる時間を過ごしている。

裸になるのは、アレクセイに抱かれる時。

なんて淫乱でいやらしい身体になったのか。

肉筒の疼きを収めるために、指か道具…で満足させることも考えた。だが、こうしてアレクセイの強靭《きょうじん》な腰遣いで激しく何度も筒を貫かれると、本物の男根に犯される満足感は、道具によるものとは天と地ほども違う。

もっともっと貫き、犯して欲しい。そう思ってしまう。

「ああ、あああ」

「抱かれ続けて、この快楽と私に狂え」

――私に狂え。

アレクセイが吉永に命じる。

「あ、あ――!」

最奥をぐりり…っと抉られた瞬間、吉永は白濁をアレクセイの腹にぶちまけていた。


深夜になろうとする時、屋敷に訪問客があった。

「んん……」

このまま眠りにつこうとするのを邪魔され、吉永は不機嫌そうな呻《うめ》き声を上げた。いつの間にか、身体は拭《ぬぐ》われ、吉永はアレクセイの腕に頭を乗せていた。

抱かれた直後の気だるさとぼんやりとした頭で、腕枕《うでまくら》されている状況を知り、屈辱と気恥ずかしさを覚えたが、その姿勢はひどく心地好かった。

抱かれた後、…犯した男の腕枕で、眠っているなんて。

「ん、誰…」

アレクセイは腕から吉永の頭を下ろす。

「いい子だから、待ってろ」

口唇に宥めるようなキスが落とされた。

「ん……」

まるでこれでは、アレクセイに出ていって欲しくないとでも、自分が言っているようではないか。

そんな意図はない。

(本当は俺は、一人でぐっすりと寝たかったんだ)

それを立場を利用し、酒井を見つけ出したいという吉永の弱味につけ込み、アレクセイが吉永を抱いているだけだ。

アレクセイはベッドから抜け出すと、手早く衣服を身につける。そして、寝室の外に向かった。

(あれは、誰だ…?)

扉が開き、隙間から光が寝室に入り込む。

ベッドに横たわったまま、アレクセイの背を見つめる。

ドアの隙間から、目が覚めるような美形の姿がちらりと覗いた。吉永の胸に、不愉快さが込み上げる。

あの美形と深夜、いったいアレクセイは何を……?

健康的な印象を与える吉永と違い、彼は妖艶《ようえん》な感じの正統派美人だった。

彼のことも、アレクセイは抱くのだろうか？

（俺には関係ない）

彼が誰を抱こうが。

むっとした気持ちのまま、吉永は枕を抱いてシーツを頭からかぶる。

その夜、眠りはいつまでも訪れなかった。

＊

やはり、吉永が酒井の名前を口に出せば、アレクセイは柄にもなく嫉妬《しっと》を迸《ほとばし》らせてしまう。

酒井が、情報局と通じて機密を横流ししていたことを、口に出してしまいそうになる。酒井を信じている吉永に、それは酷だった。

まず吉永の気持ちを考えてしまう自分に、アレクセイは驚く。

吉永は、本当に何も知らないらしい。ただ酒井を捜すためだけに、ここに来たのだ。

一緒に出かけ、共に過ごすうちに、彼の小生意気でありながら、素直さとまっすぐなところに惹《ひ》かれていく。

「アレクセイ?」

「ああ。こっちの部屋へ」

吉永とは対極の存在が、目の前の男だ。どことなく可愛らしい雰囲気を持つ吉永と、いつも厳しい顔つきをした隙のない男と。

入谷、という名前からして日系だろうが、黒髪に黒い瞳という共通点を持ちながら、これほどに違う印象を与えるものとは。

それと、付け加えるべきは、入谷の印象の変化だ。

初めてアレクセイの屋敷を訪れた時と、今の入谷の印象が違う。

艶《つや》めいた気配が、加わったような気がする。しっとりとした色気…それは、以前の入谷にはなかったものだ。

短期間で、これほど変わるものだろうか。

その理由に、アレクセイが気づかないわけがない。

なぜなら、同様のことが、吉永にも言えるからだ。少年らしいしなやかさを残した吉永が見せるからこそ、その色気は危うくアンバランスだ。それが彼の魅力だとも言える。

男に抱かれたことなどなさそうな、健康的な少年ぽさを残した肢体。けれど、それはすでに男に何度も抱かれ、蕾は楔《くさび》を柔軟に飲み込み、淫らに喘ぐ。

一度男を飲み込めば、顔を淫猥に歪《ゆが》め、燃え立つように激しく腰を揺らめかせる。

普段の彼からは想像もつかない。だからこそ、そのギャップがより男を惹きつけ、アレクセイを燃え立たせてやまない。

目の前の男は、正統派の美人だ。大人びてあだめいた華のような容姿が、淫猥に目に映る。

(よほど、この短期間で、男に可愛がられたと見える)

アレクセイにはよく分かる。男に抱かれて花開く才能、蜜を滴らせるように男の淫欲を誘う芳香を、入谷は放っている。

部屋で二人きりになると、入谷は早速口を開いた。

胸ポケットに手を入れると、あるものを取り出す。

「これを」

アレクセイがオーダーしたブレスレットだ。

「これを手に入れれば、軍に資金融資をしてくれるんですね?」

入谷が言った。

その表情はひどく青ざめている。

机の上に置かれたブレスレットを、アレクセイは手に取る。

だがすぐに、それをデスクの上に興味なさそうに置いた。

そして、二度と手に取らない。

「…何か?」

入谷がさすがに、表情を曇らせる。緊張と不安の入り混じった表情だ。

これで任務を遂行できたと期待しているだろうに、アレクセイはあっさりとそれを突き返すような態度を取ったからだ。

「これは、偽物だな」

入谷が息を呑《の》んだ。

ブレスレットは精巧にできたものだったが、本物ではない。それは、アレクセイだからこそ、よく分かる。

真実の、持ち主だから。

他人が模造すればすぐ分かるようなある仕掛けが、なされているからだ。

「そんなはずは…！」

「だが、偽物だ。なんと言おうとも」

「なぜ…」

入谷が呆然《ぼうぜん》と呟《つぶや》く。

「どうやって手に入れた？」

「それは、言えない」

拳《こぶし》を握りしめながら、きっぱりと入谷が答える。

やはり、言えないような方法で手に入れたらしい。

「これを渡した相手は、どうやら軍より一枚も二枚も上手のようだ」

最初から、本物を渡すつもりはなかったのかもしれない。

「どうして、偽物などと……」

入谷はまだ、目の前に突きつけられた事実を、認めることができないらしい。

「騙《だま》されたんだよ、お前は」

はっきりと分かるほどに、入谷の顔から血の気が失われていく。

支えてやらなければ、倒れ込んでしまいそうだった。けれど、プライドだけで、その場に立っているのが分かる。まっすぐな黒髪が、さらりと頬に零れた。

「…私は……」

入谷がやっと口を開く。けれど、それきり言葉が出てこない様子だった。

どうやってこのブレスレットを手に入れたか、それを思い出しているに違いない。

たぶん、入谷がこれを手に入れるためには……。

「あいつはよかったか?」

入谷の顔色が、変わった。悔しげに歯を食いしばる。それは、今まで冷静で弱味など見せなかった男が垣間《かいまみ》見せた、本心の表情だった。

(やはり…)

この男、任務のために身体を売ったか。

真面目《まじめ》で一途《いちず》なほど、その気持ちを利用されやすい。

ブレスレットを取り戻せと、アレクセイは条件を出したが、そのために軍部が入谷を選び、キエフに差し出すとは思わなかった。

任務と仕事で精一杯で、純粋培養であるがゆえに、かえって騙されやすい。入谷など、キエフにとっては赤子の手を捻《ひね》るようなものだったろう。

確かに入谷は、キエフのような男の好みに違いないとは思ったが。

彼の階級からしても、軍部が入谷を捨て駒《ごま》に使うとは思わなかったのだ。

なりふりかまわない手段を、軍部は取ったらしい。

そして、入谷はその任務と条件を呑んだ。

きっと、入谷は任務のために必死だったに違いない。この容姿だ。純粋なロシア人ではないゆえに、苦労もしただろう。

だが階級章を見ても、分不相応の出世だ。出世すれば同僚の妬《ねた》みにも晒される。軍で味方になるはずの上司すら、入谷には敵だったのかもしれない。

それを跳ね返すために、絶対に任務の失敗は許されない。一度の失敗でも、足元をすくうには充分だ。

絶対に任務に失敗できないという思いと、自分を認めさせなければならないという思い、敵だらけの周囲の中で必死に実績を残そうという思い、それを軍部は利用したのだ。

(その気持ちを利用するとは、軍も酷なことをする…)

わずかな同情が込み上げる。極上の肢体と、骨のありそうな強い目つき、気の強そうな態度も、たぶんあの男の好みだろうと思ったが。

たぐいまれな美貌《びぼう》を持ちながら、それを利用するほどにすれていなくて男慣れもしていない。

「とにかく、本物を持ってこい。俺が言えるのはそれだけだ」

ブレスレットを突っ返せば、入谷は表情もなくそれを受け取る。

「車を用意しよう」

「いい! そんなものは」

気丈な返事をしながらも、ふらつく足取りの入谷の後を、アレクセイは追った。

*

(騙された…! 騙された…!)

入谷は悔しさのあまり口唇を噛む。

ブレスレットが偽物だったなど。

悔しい。指の色が変わるほどに、強く拳を握り込む。

あまりの悔しさに、目の前が真っ赤に染まる。気を失ってしまいそうだった。

「おい。玄関はそっちじゃない。セキュリティエリアに勝手に迷い込むな。俺がいなければ俺の部下に殺されるぞ」

「あ」

背後からアレクセイに声をかけられる。血が上ったまま、エントランスとは逆の方向に歩こうとしていたらしい。それほどに、動転していたのだ。

腕を取られ、エントランスへと連れていかれる。

どんな顔をして、軍に戻ればいいのだ。

それよりも、あの男にいいように扱われたのが、悔しい。

結局からかわれ、弄《もてあそ》ばれただけだったのだ。

エントランスを出ると、中庭がある。少し歩けば外部に通じる鉄製の門だ。アレクセイが外に向かって声をかけた。

「いるんだろう？　キエフ」

(っ!!)

すると、外門に身をもたせかけて立っていた男が、入谷を振り返る。わざと目立たないカーキ色のトレンチコートを羽織り、庶民的な気配を漂わせているが、スタイルが抜群にいいのだ。

彼にとっては、気配を操ることなど思うままに違いない。だが今はあえて、気づかせるように姿を現した。

入谷が出てくるまで、外で待っていたのだろうか。

見守るためではない。心配していたのでもない。こうして、屈辱に顔を歪めて出てくることが、分かっていたのかもしれない。

咽喉元《のど》に、熱い衝動が突き上げる。クール、冷静、理知的、そう称される入谷が、激情を迸らせることなど、初めてだった。

「貴様…！」

突き上げる衝動のまま、地面を力強く蹴《け》っていた。

ガ…ッ！　と勢いよく、キエフの胸に摑《つか》みかかる。

キエフは逃げなかった。胸を取られたままの彼を、入谷は殴りつける。けれどその拳は、寸前でキエフによって阻まれた。

やはり、力では敵《かな》わない。

「よくもダミーを摑ませて…！」

外套《がいとう》の襟を握り込み、キエフの身体を揺さぶる。

「お前が俺を満足させたら、という条件だっただろう？　だが、充分とは言えなかった。だからあの取引は成立しなかった。ただそれだけだ」

「っ！」

ダミーを渡されたのは入谷のせいだと、逆に咎《とが》められ、入谷の腹の底が熱くなる。

悔しさのあまり、どうにかなってしまいそうだった。

なのに、キエフは平然としている。怒り心頭の入谷とは反対に、彼は入谷を相手にもしていない態度を取り続ける。

どれほど怒りを漲《みなぎ》らせても、相手が同じ土俵に上らなければ、怒りの持っていきようがない。相手にもされない屈辱。それほどの屈辱があろうか。

「いい加減、離せ」

キエフが入谷を嘲笑う。

「こんなふうに俺を殴れば、お前がどうやって俺からブレスレットを受け取ろうとしたのか、周囲に公言しているようなものだ。それでもいいのか？」

入谷ははっとなる。こうして彼に嬲《なぶ》られただけではなく、抱かれたことまでさらに周囲に知られてしまう。二重の屈辱を味わわされる。

「お前がどんなふうに俺に抱かれ、どんな声で啼いたのか、知らせて欲しいか？」

人前で自分たちのセックスを公言されるほど、恥ずかしいことはない。

入谷はキエフの首元から、指を離した。

「く…っ！」

吐き捨てると、入谷はその場にキエフを残したまま、歩き出す。二度と、彼を振り返らない。もう二度と、この男には関わるものか。

決意を宿しながら、怒りを漲らせ、その場を去った。

*

今までの喧騒《けんそう》が嘘のような静けさが訪れる。

入谷の姿はすでにない。

エントランスに残るのは、アレクセイとキエフだけだ。

「可哀相《かわいそう》に。あの血や容姿からしても、苦労してきているだろうに。あんまりからかうな」

アレクセイはキエフを軽く詰《なじ》る。

「俺しかすがりつくものがないように、してやろうと思ってな」

(この男にしては、意外だな)

アレクセイは驚く。

キエフは感情が読み取りづらい男で、一人の人間に執着するようなことはない。だが、入谷に対しては、執着を示しているような気がした。

「あんな姿で戻してよかったのか?」

「何?」

「抱かれたばかりなのが丸分かりだぞ。おまけに、本人にその自覚がないのか、色気を振りまいて歩いている。お前が守ってやらなければ、あっという間に他の男の餌食《えじき》だ」

「……」

「あの容姿で、今まであまり男の経験はなかったみたいだな。少しは自分で自分の身を守ることと、男の欲望の目を意識させないと駄目だ。男の経験があまりなかったせいか、よく分かってないんだろう。無防備すぎる。お前が教えてやれ」

ふと、キエフの目が入谷が消えた方向に、動いたような気がした。

珍しい。この男の動揺など、なかなか見られるものではない。

もしかして、外門に立っていたのも、入谷を心配して待っていたのだろうか?

長い時間入谷を引き止めていたら、アレクセイもどうなっていたか分からない。家に侵入するくらいのことはしそうだ。

(どうやら…本気か?)

ミイラ取りがミイラになったらしい。

「あいつも普通の弱い男じゃない。そう簡単に襲われて身を投げ出したりはしないさ」

「軍の訓練も受けた強い男だ。自分の身は自分で守れるだろうが、さすがに大人数で来られたらどうかな」

「何？」

「大勢で押さえつけられたら、逃げるのは難しいだろうと言ってるんだ。しかも今、あいつは普通の身体じゃない。ずいぶん酷いことをしたんだな。気丈にも必死で平静さを取り繕って、不様《ぶざま》な態度は見せないようにしているが、ふらふらしてるぞ。可哀相に。今のあいつなら、普通なら勝てる相手にも、遅れを取りそうだ」

「……」

キエフはくるりとアレクセイに背を向ける。

「あんまり酷いことをするなよ。壊れる寸前だ」

「まさか。悪い想い出にならないように、どれだけ大切にして、男に抱かれることに慣らしてやったと思ってる」

振り向きざま、不敵な笑みをキエフは浮かべた。

「苛めた、の間違いじゃないのか？」

アレクセイも言い返した。

「あんまり苛めすぎるなよ。ああいうタイプは苛めるほど頑《かたく》なになるぞ。これ以上追いつめて、嫌われたくはないだろう？」

忠告を、アレクセイは与える。あの入谷を気の毒だと思ったのもある。

アレクセイは美人には弱い性質だ。もちろん、同情するだけの甘い性質も、アレクセイはしていない。

キエフに弱味ができるなど、滅多にあるものではない。この際、弱点をしっかりと摑ませてもらおう。

「お前みたいに甘く仕掛けておいて、実は心ごと奪おうと虎視眈々《こしたんたん》と狙《ねら》うほうが、したたかだと思うが。お前のほうが優しく見えるだけに、性質が悪い」

キエフが言い返す。

嫌味の応酬だ。

「どうでもいいと思っていたが、お前にとって、どうやらあのブレスレットは大切なものらしいな。それがよく分かったよ」

キエフも負けてはいない。最後まで余裕のある態度を崩さずに、キエフは消えた。

彼がいなくなった方向は、入谷の消えた方向と同じだった。

＊

入谷は軍に戻っていた。

通常の勤務につけるような精神状態ではなかった。

（くそ…っ!!）

誰もいない廊下の片隅で、拳を壁に打ちつける。自らの身を傷つける行為だと分かっていても、その拳だけは止めることができなかった。

キエフを殴ることができなかった代わりに。

あの恥辱の時間を、思い出したくはない。もう、二度と。

キエフは入谷を、男でいるのが嫌になるくらい甘く激しく、悶えさせたのだ。徹底的に、男に抱かれることを、覚え込まされた。

どんなふうに入谷の花芯が、男を咥《くわ》え込むのかも、どんなふうに頬張り、締めつけて男のものに快感を与えるのかも、キエフによって教え込まれた。

言葉で告げられるたび、入谷は羞恥といたたまれなさに苛《さいな》まれた。快楽と絶頂の狭間で、熱い精液を最奥に流し込まれる感覚を与えられるほど、絶望が胸にひしめく。

けれど、意地が涙を流すことを許さない。ちっぽけなプライドにしがみつくほど、みっともないことはないと分かっていても、どうしても最後のプライドを明け渡せない。

キエフは入谷の口唇さえ奪った。

精液にまみれた身体を晒し、男根を埋め込まれたまま口唇をねっとりと塞がれるたび、何度このまま消えてしまいたいと思ったことか。

口唇まで奪われて、甘くキスで悶えさせられた。そのやり方はまるで、恋人に向けるかのようだ。

なのに、キエフは一度では入谷を放さなかったのだ。三日三晩、入谷はキエフによって嬲られ続けた。

(あの、男…っ)

今でも、思い出すたび、怒りのあまり眩暈を覚える。拳を、指先が白くなるほどに強く握りしめる。

悪夢の三日間。あの三日間は入谷も記憶が曖昧《あいまい》だ。ただ絶頂を迎えるだけの機械にされたような気がする。ずっと全裸で、入谷は過ごした。

部屋の中では、服を着ることも、許されなかった……。

手錠の他に、ベッドに横たわる彼の前に、後ろ手に縛られたまま立たされ、裸体を存分に眺められた。前を勃起させたままの入谷の卑猥な姿を存分に堪能《たんのう》した後、キエフは入谷を身体の上に乗せ、突き上げたのだ。

さまざまな体位で貫かれ、道具を使われたこともあった。拷問とも錯覚するほどの抱き方をされた。後ろだけで達くことを徹底的に躾《しつ》けられ、男に抱かれて味わう快感を仕込まれた。キエフが最初に、宣言したとおりに。

けれど必ず、最後に与えられるのは…意識を飛ばすほどの、快楽だった。

あの三日間で、入谷の後ろにキエフが入っていなかった時間など、あっただろうか。そう思うほどに、キエフの責めは激しかった。あの男の精力に、入谷は舌を巻く。

死ぬほどの恥辱に、心が引き千切られそうな想いを味わっているというのに、キエフは最後まで余裕ある態度で、入谷を抱いていた。挙げ句の果てに、『もっと、俺を楽しませてみろ。満足させるまで、お前は俺の奴隷だ』、そんなふうにも言われて……。

やっと身体を離すことを許され、上着を身につける入谷に向かって、キエフが言い放った言葉だった。

「く…っ」

入谷の拙い、男根への奉仕や反応では、満足できなかったと言いたげな態度だった。自分があれほど苦しんだことも、キエフにとっては些細《ささい》な遊びにしかすぎない。

けれど遊びであっても、入谷にとっても軍にとっても、今回の件は重要な案件だ。

入谷は任務の失敗を、上層部に報告しなければならない。

例の上司に報告すれば……今度は、新たな命令が入谷に下された。

＊

皇女の落し物。そのキィワードだけが、まだ解けていない謎だ。

(俺が解くことができたのは、ブレスレットにまつわる部分だけだ)

吉永は一人、以前来た教会を再び訪れていた。ここでイコンを紙に映し出し、その地図を辿った場所で、手がかりは尽きた。

中に入れば、ステンドグラスが温かい光を投げかける。

その光の差し込む場所に、例のイコンが飾られていた。

それを見上げながら、ここまで辿り着くために払った犠牲と出会いを思う。

ブレスレットに刻まれていた波状の模様、そしてエメラルドの位置。それらが重要な何かを示す地図だということは分かった。

まるで宝探しのような高揚感。それに酒井は取りつかれたのだろう。

だが、実際はその位置にあったのは教会で、エメラルドが示す場所には単なるイコンしか掛かっていなかった。

教会にイコンがあるのは、しごく自然でもっともなことだ。

そのイコンのマリア像は、珍しく装飾品をつけていて、それがブレスレットだった……！　そう分かった時、吉永は軽い興奮を覚えた。

（やっと、酒井さんが追い続けた謎が、なんなのか分かったような気がしたのに）

ブレスレットに波状の模様が刻まれていたのを知り、アレクセイの力で絵画を外させ、それが新たな地図だと分かり、やっとのことでその場所を探し出した。

（でも、そこにはビルが建ち、何もなかった…）

そして、酒井の目撃証言もない。

あれから、ビルにも立ち寄ったのだ。だが日本人がうろうろしていれば目立つだろうと思ったのに、酒井らしき人物を見たという人間はいなかった。

この教会から、酒井の消息はようとして知れない。エルミタージュ美術館で目撃された以降の足取りを、吉永は摑むことができたと思ったのに。

酒井がここで諦めれば、無事だったかもしれない。

けれど現実として、酒井は行方不明なのだ。

彼の身体を脅かす何かが、ここにあったのだ。

そして、手がかりをすべて失い、吉永はもう一度ここに戻ってきた。

迷ったら、原点に戻れ。

それは捜査の鉄則だ。

穴があくほど、吉永はイコンを見つめる。

彼女はキリストを胸に抱いていた。右手はしっかりと赤ん坊であるキリストを包み込む布を支えているが、左手は……。

(ん?)

微妙な違和感を感じた。だが、自然と言われればそうかもしれないと、納得してしまう程度のものだ。さりげない仕草だが、あえて言えば、左手の人差し指が、赤ん坊を抱きかかえるようにではなく、下を指差すように描かれていることが不自然なようにも見える。

(指差す場所に何かがある、そう単純に済めば、こんなに簡単なことはないのにな)

吉永はそう思った。

その時、ちらりと目の端を何かが過《よ》ぎる。

「誰だ!?」

勢いよく振り向き、様子を探るが、そこには誰もいない。

…気のせいだろうか。

また、アレクセイが尾行をつけているかと思ったが。

彼ならば堂々と姿を現すだろう。

神経が過敏になっているのかもしれない。

もう一度、吉永はイコンを見上げる。

この絵の中に、謎は隠されている。

それは、ある言葉を吉永に呼び起こした。

キリストが纏《まと》う布だと思ったが、マリアの横にハンカチらしきものが描かれている。

「ん？　あれ？　この絵……」

——皇女の落し物。

それは遠近法的に背後に落ちている、といった表現に合致する、かもしれない。

（どうだろう…ま、いいか）

司祭を呼ばずに、吉永は自ら絵を外した。

そして改めてハンカチらしきものを見つめた。白い絵の具が複雑に塗り固められている。

（もしかしたら……）

吉永は周囲を見回すと、適当なものがないかを探す。

教会の隅に、古びたストーブがあった。そこに火は入れられていない。

誰もいないことを確かめて、ストーブに向かう。

ストーブの中の煤を指先に取ると、絵の具の凹凸の部分にさっと塗りつけた。すると……。

「あ…！」

絵の具の凹凸が、不自然な模様を描いていることに気づく。

「紙、紙…！」

ポケットから紙を出すと、煤のついた絵画ごとそこに押し当てて擦り、模様を紙に映し取る。

すると、紙には文字が浮かび上がったのだ。

——皇女の指先。

今度はしっかりとそう読めた。

絵の具の凹凸が、反転させたメッセージだとは、気づかなかったのだ。

ブレスレットをしているマリアに興奮し、この絵を詳細に調べなかったことが悔やまれる。

皇女の指先、その指差す方向は、モザイク状の壁のタイルだ。

「もしかして…」

さすがに、吉永も掌にじっとりと汗をかく。

タイルに耳を当てながら、詳細に掌を滑らせる。時折叩《たた》いて反応を探る。

ある一箇所だけ、中が空洞の反応があった。

「ここか…っ!?」

吉永は、タイルの継目に指を差し込む。するとタイルの一枚がぽっかりとはずれ、ある仕掛けが現れた。

石に浮き彫りになったロシアアルファベットが並んでいる。ローマ字でありながら、見慣れぬ文字と記号が混ざっている。棒状で、先端にアルファベットがついている形だ。

押してみたが何も起こらない。引き抜いてみると……。

「鍵……？」

アルファベットの一つ一つに、鍵がついていた。

そして、その棒状の鍵の下には——鍵の差し込み口だ。ローマにある真実の口のように奥行きがある形で石が削られていて、そこにいくつかの鍵穴らしきものが見えた。

「鍵を差し込んで、合っていれば扉は開き、そして間違っていれば開かない、そういうことか？」

吉永は表情を引き締める。かなり年季が入ったもののようだ。これくらいの仕掛けなら、戦前でも作成できただろう。

ローマ字はすべて揃《そろ》っている。気が遠くなるほどの確率だ。

そこに何かの規則性は、あるだろうか。

「よし、片っ端から入れてみるぞ」

思いつくままの単語で、アルファベットのついた鍵を引き抜いていく。

皇女の落し物、皇女の指先、イコン、ブレスレット、アナスタシア、マリア——、それこそありとあらゆる単語で鍵を入れてみた。だが、鍵穴はどれも合わない。壁が動くなんてこともない。

「やっぱり、単なるカンじゃ、駄目か」

はあ、と吉永は溜《た》め息《いき》をつく。

ただ、あのブレスレットの内側――。

「あ……！」

――我が息子に捧ぐ。

あのメッセージが、誰かの名前を指すものだとしたら。

マリア、アナスタシア、……いや、彼女たちは息子ではない。

けれど、皇女がアナスタシアかマリアだとして、彼女のうちのどちらかが恋人の手によって逃げ延びたとしたら。そして子供を宿したとしたら。

「だとしたら、ますます分からないじゃないか……」

結ばれたかどうかもわからない上に子供となれば、その可能性はさらに低くなる。

「そんな人の名前なんて、分からないよな」

このブレスレットに特別な思い入れがありそうな、アレクセイを思い出す。

時代にすれば、アレクセイの曾祖父《そうそふ》の年代くらい、かもしれない……。

「曾祖父、か」

アレクセイの屋敷のダイニングに飾られていた肖像画は、どれも物々しい表情をしていた。彼らの画の下に、名前が刻まれていた。

曾祖父くらいの年齢だと……。

「イーゴリ・コズイレフ、だったな」

吉永はたわむれに、その名のとおり鍵を引き抜き、その順番で鍵穴に差し込んで回していく。

一つ目の単語は……鍵が回った。

どの鍵も、鍵穴に合う。

吉永は掌にじっとりと汗をかく。

そして、最後。

ガチリ。

(回った……!!)

その時、今までなんの反応も示さなかった壁が、音を立て始める。

「なっ、なんだっ!?」

ゴゴゴ…っという音がして、仕掛けの隣の石の壁が内側に向かって開いた。ズウン…っという低い音とともに壁は内側に倒れ、ぽっかりと空間が口を開く。単なる部屋が現れるのかと思えば、違った。そこには階段が地下に続いていた。

ごくり、と唾《つば》を飲み込む。

(これが、酒井さんが追っていた謎なのか?)

そして、彼は足跡を絶った。

降りていくべきか否か。

酒井と同じ目に、自分も遭うかもしれない。

覚悟を決める必要があった。

「もちろん、行くしかないな」

たとえ、その選択が自分の身を傷つけることになっても、絶対に。

臆病《おくびょう》風を吹かせるなんて、柄じゃない。

吉永は一歩、足を踏み出した。


小さな懐中電灯の光では心もとなかったが、一旦戻って探索に必要な準備を整えるより、中を探りたい気持ちが勝った。

こういった建物には大概、消火器が備えつけられているものだ。その横に懐中電灯もないかという読みは当たった。

階段は螺旋《らせん》状になっており、一段一段が吉永の歩幅程度に狭い。壁は土のままで、どうやらこの教会を建てる時に一緒に、この部屋も作られたようだ。

こもった空気が息苦しさを与える。湿った場所は土臭かった。苔《こけ》むした石の階段が、ぬるりとした感触を足底に与える。

カツンカツン…と、足音が響く。

ふと、吉永は足を止めた。その時、カツン…と足音が反響した。

(なんだ?)

気のせい、だろうか。

ただの反響ならいいが、もし誰かが後を尾けてきていたら。

先ほどわずかに感じた気配を思い出す。

だが、今さら戻るつもりはなかった。

それより先に進むこと。そう思って吉永は階段を降りる。

螺旋状の階段が、延々と下に続いていく。入り組んだ場所なら足跡を印しもしただろうが、単なる下に続く階段が、吉永の勇気を奮わせた。

地下に作られるものの多くは、鎮魂の場所か何かを隠すためのものだ。

財宝か、それとも。

胸が、緊張に再び鼓動を速める。

歩くたびに、ぱらぱらと頭上から土が落ちてくる。

カツン……。とうとう階段が終わる。最後の足音が妙に大きく、辺りに響いた。

吉永はライトを足元ではなく頭上へと向ける。すると…。

「ここは…」

呆然と吉永は呟く。二十畳ほどの小ホールのような空間が広がり、その中央に黒い物体が浮かび上がった。

ゆっくりと物体に近づけば、その正体は次第に明らかになる。

「棺《ひつぎ》……？」

教会の下にある棺、それこそ鎮魂に相応しい場所かもしれない。

「いったいこの人の正体は…」

棺に近づこうとした時、吉永の肩を、背後から何者かが摑み取った。


「ひっ…！」

悲鳴を上げながら、後ろを振り返る。心臓が跳ね上がり、口から飛び出てしまいそうだった。つい上げてしまった、らしくない声を自戒しながら見れば、そこにはアレクセイが立っていた。

「そんなに大きな悲鳴を上げるほどか？」

「あ、なんだ…驚かすなよ」

口唇が尖り出すのは否めない。

「どうしてここに？　電灯は？」

「お前のライトがあれば、十分だ」

この男は何か訓練でも受けているのだろうか？　単なる実業家のくせに、妙な強さを発揮する。紳士的なのに、物騒な気配をたまに感じることがある。

謎の男だ。

「心配だったからだ。あまり一人で行動するな」

「別に、…常に一緒ってわけでもないんだし」

言いながらも、甘酸っぱい気持ちが生まれるのはなぜだろう。

彼の登場に、浮かんでいた疑問を忘れそうになる。

「どうしてここを？」

「それが、イコンの絵を見ていて、ついブレスレットに気を取られていたけれど、背後のハンカチのほうに気づいて…」

かいつまんでアレクセイに説明する。ハンカチに波状の模様が描かれていたこと、それを反転させて写し取れば地図になったこと、そしてこの場所を見つけたこと。

地下階段へ通じる扉。そこを開く時に必要な暗号が、彼の曾祖父の名前だったことを告げるのは、なぜかためらわれた。

（…ロシア人なら、ありそうな名前だと思うけど、な）

ただフルネームで一致するとなると、確率は低くなる。アレクセイを取り巻くさまざまな事象が、ある可能性を吉永の胸に生じさせる。

なぜ、彼の曾祖父の名前が刻まれているのだろう。そして、皇女が描かれた絵と、息子という
メッセージの意味は。

ロシア皇帝の血を引く、息子……。

「お前の上司は見つかったのか?」

「いや、これから探すところだ」

懐中電灯で辺りを照らす。照らしながら、心臓が鼓動を速めた。

この場所の片隅に、彼の変わり果てた姿があったら――…。

そう思うと、すべてを照し出すのがためらわれる。

その気持ちに気づいたのか、アレクセイは吉永から懐中電灯を受け取った。

そして、自ら周辺を探るために先に歩き出す。

棺があるというのに、アレクセイは先に、吉永の上司を探そうとしてくれる……。

ぎゅ…っと吉永の胸が締めつけられるような気がした。

この男は吉永を嬲るようでいて、一番大切な時にだけ、――吉永を甘やかすような真似をする。

「足元に気をつけろ」

「後から来たのは、あんたのほうなのに」

「何か言ったか?」

「いや」

言い返せば、そんな態度を、子供っぽいと言いたげに軽く笑われてしまう。

広い背に、おとなしく吉永はついて歩く。先に暗い道を歩くアレクセイに、頼もしさを覚えた。

やはり、一人より二人のほうが心強い。心臓の鼓動はいつの間にか、なだらかなものに変化している。

最初は反抗を覚えた相手であっても、疑いの晴れない相手であっても、自分は…。

信頼を置いているのかもしれない。この、男に。

「…特に他に人はいないようだな」

「ああ」

青ざめながら、ほっと吉永は吐息をつく。

変わり果てた人の姿も、見つからなかった。

「大丈夫か?」

アレクセイが吉永を振り返る。まるで、吉永を気遣うかのように、手が差し伸べられる。

酒井が倒れているのではと、不安に思う吉永の気持ちを、察したかのようだった。

「別に、大丈夫だから」

差し出された手を取らないでいると、アレクセイは何も言わずにそれを引っ込める。

「それにしても、ここは…?」

彼から離れ歩き出そうとすると、急に腕を引かれる。

「あ…！」

バランスを崩し倒れ込みそうになったところを、力強い腕が支えた。

「素直に俺の腕を取っていればいいものを」

彼の胸に抱かれながら、吉永は見上げた。

こんな悪戯っぽい真似をするとは思わなかった。

「こんなことをしてる暇はないだろう？」

「そうだな」

軽く胸を押し返せば、アレクセイは従う。

「それにしても…地下にこんな広い場所があるなんてな」

彼の腕の中で、守られるように抱かれながら、吉永は呟く。

「人工的に掘られたもののようだ」

アレクセイがライトを振り、四方に光を投げかける。

酒井が見つからなかった今、次に興味をそそられるのは中央の棺だ。

「まさかあの中に、お前の上司がいるわけもないだろうがな」

ライトが棺を照らした。

「近づいてみたいか？」

「ああ」

ゴクリ、と咽喉が鳴る。

足を踏み出し、彼とともに棺に近づく。その時、羽音とともに何かが吉永の頬を掠めた。

「ひ…っ！」

「大丈夫。ただのコウモリだ」

肩が抱き寄せられる。自分ばかりうろたえ、アレクセイは一度も悲鳴すら上げない。

男として軽い自己嫌悪を覚えながらも、彼の頼もしさにより一層惹きつけられる。

強い憧《あこが》れを、出会って以来、吉永は抱き続けている。

今度は、彼の腕を振り払う気にはなれなかった。

二人のすぐ目の前には古ぼけた棺が、鎮座している。重々しく、そして静かに。

棺の上部に女性の彫像が置かれていることから、中に眠るのは女性なのだろう。

この女性はいったい……。

酒井がこの極寒の地にまで来て追い求めたもの、それを知りたくて吉永は近づく。

「そこまでだ」

棺に手を伸ばした途端、
今度は、アレクセイとも違う、敵意に満ちた声が、こもって辺りに響き渡った。

「あなたは⁉」

振り返ると、一人の男が立っていた。

白い肌が緊張のあまり青ざめている。それすら色っぽいと感じるほどの、壮絶な美人だった。

吉永はその男が、一度、アレクセイのベッドの中から垣間見た人物だと思い当たる。

「入谷？」

アレクセイが彼の名を呼んだ。入谷、すると彼は日系なのだろうか？

入谷と呼ばれた男が階段の下に立っていた。銃の照準は、…アレクセイの胸に合わされている。

「どうしてここに？」

「お前の後を尾けていた。アレクセイ」

アレクセイが問いかけると、入谷は答えた。

ざっと血の気が引いた。

「なんで…！」

「なぜ、私はお前に銃を突きつけられなければならない？」

吉永が青ざめているというのに、アレクセイは平静そのままだ。

銃を扱った経験がある吉永でさえ、正面から銃を向けられれば冷静ではいられない。素人ならなおさらだろう。

なのに彼に動揺は微塵《みじん》も見られない。

「お前は政府につくことを選んだんだろう？」

入谷が言った。表情は強張り、声は硬質そのものだ。

銃を突きつけながら、入谷自身が青ざめている。瞳には憎しみよりも、覚悟が仄《ほの》見えた。

「何？」

「だから、ＫＧＢと繋がり、俺に偽物のブレスレットを渡した。それが何よりの証明だ」

白い顔が、いつもよりも青白くなっている。

「それはキエフが勝手にやったことだ」

しれっとアレクセイが答える。

「私はどっちにもつきはしない。人の下で狗《いぬ》のように働くのはまっぴらだからな」

「どちらにせよ、味方にならないのなら、殺せ、との上層部の命令だ。放っておくにはお前は危なすぎる。中途半端な状態で、どちらにもいい顔をしすぎたんだよ、お前は」

「…っ!!」

吉永はその場に凍りつく。

「それで？　命令ならなんでも聞くというのか？」

「お前に何が分かる！」

初めて、入谷が激昂《げっこう》を迸らせた。入谷は、何か命令に嫌な思い出でもあるのだろうか。

「…命令なら、好きでもなんでもない男に、足を開くことも？」

驚きのあまり、ひゅ…っと吉永の咽喉が鳴った。

入谷の身体が、小刻みに震えるのが見えた。侮辱に入谷が顔を歪める。

絶望に打ちひしがれながらも、怒りに燃え立つ瞳を向ける入谷は、なんて美しいのだろうと吉永は思った。

ここに現れた時、うなだれた様子を見せた彼よりも、今の怒りに満ち溢《あふ》れた表情の凛《りん》とした姿の入谷のほうが、何倍も彼らしく見えた。

「いくらでも言えばいい。もうその口は閉ざされるんだからな」

そして、入谷は撃鉄を引き上げる。

「アレクセイ…」

青ざめたまま、吉永は隣にいる男の顔を見上げる。けれど、アレクセイは表情も変えずに、逆に入谷に訊《き》いた。

「軍はお前だけを刺客に選んだのか？」

「なんだと？」

「後ろにもう一人いるぞ。お前が失敗した時に、お前ごと消すつもりじゃないのか？」

「な…っ」

軍で訓練を受けた入谷は、いわば正統派だ。軍人という立場に相応しく、正々堂々と振る舞うことを義務づけられている。奇襲や騙し討ちに対する防御は弱い。

驚いたのか、つい入谷はつられて後ろを見てしまう。

その間に、アレクセイの足が地面を蹴った。

(あれは?)

背後に人がいるというのはアレクセイの機転だと思ったが、確かに、入谷の後ろに黒い影が動いたような気がしたのだ。

「あ…っ!」

気配で分かったのだろう。慌てたように入谷が振り返る。近づくアレクセイに反射的に、かかったままの指先が引き金を引く。

ガーン…っ…!

鋭い音が、轟き渡った。

(撃った…!!)

「馬鹿…っ」

アレクセイが入谷を叱りつける。

「アレクセイ…!」

瞬時に後を追うが、素人とは思えない動きに、吉永のほうが遅れる。入谷がもう一度照準を合わせる前に、アレクセイが彼の銃を叩き落す。銃はからからと音を立てて地面を滑り、暗闇へと消えた。

「う…っ！」

苦痛に呻きながら、入谷が右手首を押さえた。落ちた銃は暗闇の中に所在を失い、見つけ出し拾い上げることは困難だ。

「吉永、君は？」

アレクセイが吉永を振り返る。

「大丈夫、だけど」

「そうか、よかった」

狙われたはずのアレクセイが、ほっと安堵《あんど》の吐息を洩らす。そして頼もしい腕が伸び、吉永を抱きとめる。心地好い胸の温かさだった。

彼の腕の中で今は、何よりも安心感を覚えている。

「アレクセイこそ、銃弾は？」

「当たってはいない。だが、俺たちより大丈夫じゃないのはここの地層だ」

弾丸は逸れて、天井にでもめり込んだのか。

「え？」

アレクセイの視線が上を向く。先ほどまでぱらぱらと落ちるだけだった土が、今はばらばらと塊になって零れてくる。

　振動が激しくなる。教会の下で特に補強もされていなかった剝き出しの土の壁……それほど頑丈には作られていなかったのかもしれない。

　ただ埋葬した魂の鎮魂を目的とするのなら、それで充分だったはずだ。

　こんなふうに崩れることはない。…ただし、銃を撃たなければ。

「地盤が緩くなっているようだな。そんな場所で弾丸を撃ってみろ。反響してその振動は大きく広がり、地盤を崩す」

　銃声の反響は、壁にぶつかる時には何倍にも増幅され、土を震わせた。

　振動が激しくなる。わーんという耳鳴りのような音とともに、地鳴りが遠くから押し寄せてくる気配があった。

「逃げろ。崩れるぞ」

　アレクセイが吉永を抱き寄せたまま、元来た道へと足を向ける。

　武器を失った入谷は、呆然としたままだ。

　彼の胸に去来するものはなんだろう。任務の再びの失敗、アレクセイに負け続けたこと、それらが一時にやってきたのか。

　そしてもし、吉永の見た影が気のせいでないのなら、アレクセイの言ったことは本当ということになる。入谷が失敗した時のために、軍の上層部は本当にもう一人暗殺者を用意しておいたのか。

本当に、入谷を捨て駒にするつもりだったのか。

軍のために身売りめいたことをしてまで尽くしてきた入谷にとって、それは最大の裏切りに違いなかった。

自分の信じてきたものを覆され、居場所を失った入谷が、茫然《ぼうぜん》自失の体に陥るのは分からないでもない。

(入谷さん……)

彼からは敵意しか向けられたことはなかったが、心からの同情が込み上げた。

けれど、同情を感じる間もなく、力強い腕が吉永を引き上げる。

入谷の隣をすり抜けても、彼は反応もしない。

「早く逃げろ！」

アレクセイが声をかける。頭上から降ってくる塊が次第に大きくなる。

「う、わ…っ」

吉永は声を上げた。足元が地震のように揺れ、立っていられなくなる。

アレクセイは足を取られた吉永を支え、階段を駆け上る。屈強な彼といえども、二人を抱えて逃げ出すのは難しい。入谷との距離が広がっていく。

＊

逃げなければいけないと分かっている。

再び自分に訪れた絶望が、入谷を打ちのめした。だが、このまま命を落としても、喜ぶのは暗殺の命令を下し、入谷が死ぬことによってそれを揉《も》み消すことができる軍だけだ。

憎むべき相手のために命を落とすなど、馬鹿らしい。

憎い存在に対する一番の復讐、それは軍に居座り目障りな存在で居続けることか、忘れ去ることだ。

やっと気持ちを現実に戻した時、すでに足元の階段はかなりの部分がひび割れていた。

踏み出せば、割れ目に足を取られる。

「あ…っ」

足が割れ目に沈み込む。割れた谷間は思ったよりも深い。身体ががくんと落ち込む。

「う、わ…っ…！」

（俺は、ここで死ぬのか）

そう覚悟するほどの、衝撃だった。

片足を取られ身動きが取れなくなった入谷のもとに、岩盤が落ちてくる。

頭を潰《つぶ》される寸前に、入谷を庇《かば》う者がいた。

腕が腰に回り、入谷を引きずり上げる。力強い腕だった。

腕の持ち主の正体を知り、意外さに入谷は目を見開く。

「なんで、お前…！」

キエフだった。

「まさか、お前が、俺が失敗した時に代わりにアレクセイを始末しろと？」

軍は最初から、入谷に期待もしていなかったのだ。

「俺が軍に味方する意味があるとでも？」

逆に問われ、入谷は口をつぐむ。軍と敵対するＫＧＢが、入谷の上司に味方するわけがない。

それどころか、アレクセイは政府寄りとの見解を軍は持っている。

味方として利用価値がある相手を、ＫＧＢが殺すわけがない。

それすら分からなくなるくらい、入谷は常軌を逸していたのだ。

「そんな話は後だ。逃げるのが先だ」

キエフの腕は外れない。なぜか、入谷を助け出そうとする。

逃げるなら、一人で逃げればいいのに。

不審さを露《あら》わにしながらも、力強い腕に腕を引かれていく。

「何か言いたそうな顔をしているな。後でいくらでも聞いてやる。だが今は何も考えるな」

足を止めずに、有無を言わさない口調でキエフが命じる。

後で本当に答えるつもりだろうか。

岩が音を立てて落ちてくる。

切羽詰った状況と、自分の命も危うい中、キエフは入谷の腕は離さない。

この場から入谷を助け出そうとしている、…入谷を見捨てずに。

そう思えば、この手を振り解《ほど》けない。

軍は入谷を見捨てた。なのにこの男だけが、入谷を見捨てない……。

はっはっと肩で息をしながら、入谷はキエフに腕を引かれ階段を駆け上る。

今は何も考えずに。

頭上に小さく明かりが見えた。

あと少しで地上に出られる、その時、入谷の足元が崩れた。

「あ…っ！」

身体が奈落《ならく》とも思える地下に落ち込んでいく。けれど掴んだキエフの腕が、入谷を引き上げた。

ぐい…っと強靭な力で引き上げられる。

ぱあっと目の前に光が開けた。

引き上げられた姿勢のまま、教会の床に膝と掌をつく。

恐る恐る自分たちが今までいた場所を見下ろす。すでに足をかけられる部分は跡形もない。

「なぜ、俺を助けた？　キエフ」

無事に助かれば、後で話すとキエフは約束した。

「お前は詰めが甘いからな。危なっかしくて見ていられない」

問いに対する答えとは思えない言葉が返される。

そして、キエフが入谷を抱きしめた。


瓦礫《がれき》の山となった地下を抜けて——。

教会の床に跪《ひざまず》き、入谷とキエフが抱き合っている。

呆然としながら、吉永はその光景を見た。

「お前も、俺に抱きついたりはしないのか？」

アレクセイの言葉に、吉永は頬を紅潮させる。

「誰が…っ！」

「ふん…。せっかく助けてやったのに、助け甲斐がないな」

「助けてくれと、頼んだわけじゃない」

だが、心臓が鼓動を速めるのが分かる。アレクセイは自分一人逃げることもできたのに、絶対に吉永を離そうとはしなかった。

それは……目の前のキエフと呼ばれていた男もだ。

（入谷さん……）

安堵が込み上げる。彼に同情したものの、ちゃんと彼を守ってくれる相手は、いたではないか。命がけの場面で、自分だけが助かろうとはせずに、そばにいた者に手を差し伸べる――。そういうことができる人なのだ、アレクセイは。

そこに、キエフが入谷を抱きしめるような感情は、込められてはいないと思ったけれども。

地下階段に続く入り口はすでに、土砂で埋もれていた。

もう一度、中に辿り着くのは、不可能に近い。この教会を取り崩すか何かしなければ、ショベルカーを入れるのは難しいだろう。そしてそれは信者の反対を受けるに違いない。

「キエフ」

アレクセイが呼びかけると、キエフが入谷を抱いたまま顔を上げる。

「影はお前だったのか」

「まあな」

キエフは余裕たっぷりの態度で、アレクセイに言い放つ。

「あの場所に、お前の秘密が隠されていたんだな」

「私の秘密?」

ぴくりとアレクセイの眉がそばだつ。

「なんのことだ?」

「今さらとぼけなくてもいい。俺も、…そこの刑事の後を、尾けていたんでね」

「いつからだ?」

「彼がアルファベットの鍵をある順番で差し込んで開けたところから、かな」

キエフが吉永に視線を向ける。

それでは……吉永が奮闘し、その結果、ある名前の順番に鍵を差し込んでいたのも、見られていたというのか。

そしてそれは、アレクセイの曾祖父の名になる。

「俺はブレスレットの片割れを持っている。それをくれた相手は、俺にもう片方に刻まれていた言葉も、教えてくれたよ。我が息子に、だったかな」

「ブレスレットをどうやって手に入れた?」

我が息子に、という挑発めいた言葉に、アレクセイは乗らなかった。

「お前のところの使用人が、KGBの人間と恋仲でね。寝物語にお前が大切にしていると話していたのに、KGBの人間は目をつけた。それで使用人に盗ませた。その後、使用人と恋人がどうなったかは、お前がよく知っているだろう？」

「…さあ」

アレクセイがとぼけるように答える。

「部下なら知っているかもしれないな」

物騒な考えが吉永の脳裏に浮かぶ。この男が盗みを働いた犯罪者を、いや、裏切った人間を許すような甘い真似をするだろうか？

自分には優しい仕草も向けるけれども、本質は恐ろしい男のような気がした。

「お前の誤算は、使用人と恋人が、ブレスレットを持っていなかったことだった。そうだろう？」

「……」

アレクセイは黙ったままだ。はらはらしながら、二人のやり取りを吉永は聞く。

やはりすべてのきっかけはブレスレットなのだ。

あの掌に乗る程度の大きさのものが、いったい何人の運命を狂わせたのだろう。

そして、そのブレスレットに関わった酒井は、どこに？

「使用人を使ってブレスレットを盗み出したKGBの人間、彼はある日本人の刑事と通じ、機密を聞き出していた」

「っ！」

吉永の心臓が跳ね上がった。

「その日本人を探しに来たんだろう？　刑事さん」

いきなり話を振られ、吉永はうろたえる。

今聞いたばかりの話が、すぐには信じられない。

日本人の刑事、それが誰を指すか分かる。けれど、機密を横流ししていたなどと、にわかには信じられない。自分が慕っていた、上司が。

「機密を横流ししていた酒井は、保身のために情報と引き換えに、奴が大切にしていたブレスレットを要求した。何かに使えると思ったのだろう。そいつも、自分が持っているより安全かと思い、片方を酒井に渡した」

そしてブレスレットの片割れは、日本に渡った。

「だが機密を横流ししていた彼はそれがバレて始末された。その後、連絡が取れなくなったのを心配してロシアを訪れた、日本の刑事も」

あっと吉永は叫び声を上げてしまいそうになった。

「すまない。ＫＧＢが始末した。だが、分からないままでいるよりいいだろう？」

膝が震えた吉永を、アレクセイが腕を伸ばし支える。

「彼が始末された後、ブレスレットを俺が手に入れたのは偶然でね。俺は君の上司の件には、関わってはいない。君みたいな素直そうな子に、恨まれるのはかなわないからな」

「吉永に手を出すな。入谷がいるくせに」

アレクセイの手に力がこもる。

「別に、口説《くど》いたつもりはない」

そう言うと、キエフは腕の中の存在を抱きしめようとする。だが茫然自失の体だった入谷は、思考能力を取り戻したらしい。キエフの身体を押し返す。

それに残念そうな顔をするでもなく、キエフはいつもの入谷が戻ってきたことを楽しんでいるような素振りを見せた。

立ち上がる入谷について、キエフも膝の泥を払った。ゆらりと立つと、長身が際立つ。

「始末される前に、そいつはブレスレットについての情報を吐いたよ。我が息子に――、そう刻まれていた片割れのことも。そしてその名前はお前の曾祖父ということもな。それはお前の出自を暴く重要な証拠となる。このブレスレットは、『皇女の落し物』と言われている。そうだったな」

吉永は今度こそ、あ、と声を上げる。

そのブレスレットが指し示す地図、その教会にあったイコンに描かれたマリア、彼女の顔は、美術館で見た、皇女の顔にそっくりだった。

彼女の持つブレスレット、それに彫られた『我が息子に捧ぐ』という言葉、それは……皇女が生き延びて、彼女の子孫が生き残っているということにならないか。

そして皇女にそっくりのマリアが描かれた、イコンが示した場所にあった棺、それは、まさか彼女のもの……?

旧ロマノフ王朝の子孫がロシア革命で処刑されても生き延びていたとしたら、それは全世界を揺るがすスキャンダルになるに違いない。

そしてこの国はまだ、実際は世情はそれほど落ち着いているわけではない。まだ皇帝一派を担ぎ上げる旧勢力が残っている。それらにとって、ロシア皇帝の子孫がいるというのは、現政府を攻撃する口実を与えてしまう。

やっと平和が訪れ産業が活発になってきたロシアの現状を思えば、それは避けたい。そして、血を引いているというだけで、利用される存在になるのは、もしいたとすればその末裔《まつえい》には迷惑なことだろう。

それか、…旧皇帝一派の忠誠心を利用して、一大勢力を築き上げるか。

ふと、吉永は思った。

この国のマフィア、それは軍や政府をしのぐほどの勢力を持つと。

そのトップの顔が、どうしても分からないと。

恐る恐る、吉永は隣の顔を見上げた。

アレクセイは表情を一切変えない。

「マフィアのトップ、彼がロシア皇帝の末裔だとしたら、旧勢力を扇動する有害人物として、政府はそいつを排除することもできる。それこそ、政府は頭を下げずともお前を従わせる理由ができたというものだ」

「ふうん?」

アレクセイは動じない。

吉永は思った。

もしかして、アレクセイは……。彼の正体と謎を暴く手がかりが、この場所の棺だったのだ。

その中の女性の正体は……。

「だが、証拠はない。この場所は崩れ落ちた」

そうだ。アレクセイの言葉に、キエフは肩を竦めた。もう一度掘り返すのは困難だと思ったのだろう。

「そうだな。ただ、今日のことはKGBに報告をさせてもらう。そうすれば、この教会を取り壊してでも必死で掘り返し、DNA鑑定でもするかもしれないな。余計な手間や心配は、省きたいんじゃないのか?」

鷹揚《おうよう》に告げるキエフに、今度はアレクセイが肩を竦める。

「KGBと軍へ、同額の援助でもしてやれ。お前なら別に、痛くも痒くもないだろう」

「軍を気遣うのは、任務を果たせなかった入谷のためか?」

「さあな」

「まあいい。身体を張って、援助を取りつけたという土産《みやげ》を、彼が軍に戻る前に作ってやろう」

アレクセイの約束を聞き、入谷が驚くのが見えた。

「さて、この場所にはもう俺は用はないな。そろそろ消えるか」

言いたいことだけを言うと、キエフは教会の入り口に目をやった。

「次こそ、お前を従わせてやる」

キエフがコートの裾を翻す。

消える前に、入谷が彼の背に向かって言い放つ。

「お前に、礼を言うつもりはないからな」

任務に失敗しおめおめと軍に戻ることが避けられたのは、キエフのお陰だ。だが、入谷は強気な態度を崩さない。

「そうだな」

「いつか、…お前のせいで、任務に失敗させられた報復をしてやる」

「やれるものならやってみろ」

キエフが鼻で嘲笑う。

この二人に、甘い言葉は似合わないような気がした。

先ほどまであれほど強く抱き合っていたのに。理性を取り戻せば、吐くのは、互いを罵《ののし》る言葉ばかりだ。

「俺を追いかけてみろ。お前に追いかけられるのも悪くない」

そして、闇に消えていった。

残されたのは吉永と、入谷と、アレクセイだ。

アレクセイはマフィアのトップであり、闇の世界を知りながらも、実はロマノフ王朝の末裔だった……。その洗練された仕草も、端整な容姿も、血筋によるものなのか。

いや、すべては吉永の推測にすぎない。

「失礼する」

キエフに続き、入谷も教会の外に出ていく。

「さて、家に帰るか」

アレクセイが相変わらず、悠長に言った。吉永の肩に腕を回し、出口に促す。

「俺はあんたの家には行かない」

「だがそんな泥だらけの格好で、ホテルに入れてもらえると思ってるのか？　断られるよりおとなしく私の屋敷に来たほうがいい」

似たようなやり取りを、以前もしたような気がした。

予約を取るのが面倒くさい、だったか。彼の思う壺《つぼ》に嵌まって、また屋敷で身体を組み敷かれてはかなわない。

「酒井さんは亡くなっていた。俺も日本に帰り、それを報告しなければならない」

もう、この地で過ごす意味はない。そう思えばアレクセイに抱かれなくなる安堵よりも、寂しさが込み上げた。

（なんで、俺は……）

こんな気持ちになるのだろう。

この男と離れるのを、名残惜しいと思うなんて。この男のそばにいる限り、抱かれることになるだろう。

この男が背負う謎、それはいったい……。

そして、彼の正体は。

ある可能性が浮かぶが、それを知れば、彼に消されることになるかもしれない。

知らなければいいこともある。

彼の最大の秘密、それを暴こうとすれば、引き換えに大きな代償を支払う。

「だったら、お前を引き止めるには、新たな謎が必要かな？」

「え？」

「ブレスレットだけじゃない。私の謎を、今度はお前が紐《ひも》解いてみろ」

言いながら、アレクセイが吉永の口唇を塞いだ。

*

シャワーの音が、浴室に響く。入谷は、頭からシャワーを浴びた。浴槽にしゃがみ込むと、膝を抱える。

教会で別れてから二週間が経過していた。

あれから入谷は、軍で咎められることはなかった。

アレクセイが本当に、軍への資金援助を行ったからだ。

それに安堵し、二度とキエフのことは思い出したくないと思っていた頃、入谷はキエフに捕まった。

そして、再び……強姦された。

立ったままでいるのはつらい。膝ががくがくする。それほどに強く、キエフが入谷を男根という凶器で、苛んだからだ。

最初はくるぶしを覆う程度だった湯が、次第に腰を覆うほどに深くなる。浴槽にシャワーの水が激しく打ちつける。雫《しずく》の音は鳴りやむことはない。湯に混じって、涙が頬を伝った。今なら、涙を流していることは、誰にも分からない。

このまま、涙を洗い流して欲しい。身体中につけられた痕ごと。

信頼と欲望と裏切りと。エゴにまみれた自分を取り巻く世界と。

負けたくない。傷ついているなんて知られたくはない。でも。

「早く、戻ってこい」

「分かってる！」

どうして、この男は自分に口づけるのだろう。抱きしめるのだろう。

もっと傷つけてもいいのに。なのに入谷が傷つく寸前で、傷つける言葉は口づけに変わる。

日々の忙しさに、いつの間にか心が麻痺していた。感動の心、わずかな幸せ、些細なことを悦びに感じられなくなっていた。それが、この男の口唇に、胸を震わせている。

抱かれる…そのわずかな時間に、入谷はさまざまな感情を、胸に呼び覚まされた。羞恥、恥辱、そして陶酔。苦しさだけではなく甘やかな感動も、わずかながら胸に生まれたのだ。

浴室から出ると、すぐに身体をベッドに引き倒された。

「あ…っ、また…っ？」

入谷は目を見開く。キエフが入谷のものを握ったのだ。そこは、他人に触れられる嫌悪感どころか、甘い疼きを覚えている。

気色悪さよりも、じんとした痺れのほうが勝った。

目的と、目標。悩みの中にいる入谷に、考える隙を与えない。考えるほどに思考は落ち込んでいく。けれど、キエフは入谷が泣きそうな想いを味わう前に、官能に溺れさせるのだ。

キエフの愛撫に身を任せるたび、入谷は思う。自分が目指していたものは、こういうことだったろうか……。仕事に対する夢、人生に対する目標、そういったものを、軍に入る前は抱いていたはずだ。その時の気持ちを、もう思い出せなかったけれども。

瞳を輝かし、喜びいさんでいたあの頃の幼かった自分を思えば、切なくなった。

たまに、昔の写真を見ることがある。制服を着て、記念に撮影したものだ。

まだ制服が身体に馴染《なじ》んでいなかったが、大学を卒業したばかりであどけなさの残る顔立ちは確かに、素直な喜びの表情を浮かべていた。

それが周囲に揉まれ、現実を突きつけられるたびに、夢を失い、希望を失い、一つずつ気持ちが歪み、閉ざされていく。

「お前はプライドが高いんだな」

最初から今の自分だったわけではない。素直すぎた分、裏切りに傷つく度合いも強かったのだ。素直に周囲を信じていた。自分の味方だと。けれど、自分を利用していただけだったのだ。味方でもなんでもなかったのだ。わずかでも味方だと思っていた上官の裏切りに遭い、入谷の心は粉々に砕かれた。そして、心は閉ざされた……。

傷つくことが怖くて、最初から人を信頼することを諦める。自分を守るために、人に牙《きば》を剝く。

けれどそれを、周囲は理解することはない。最初から、入谷の性質を思い込みで決めつける。入谷自身も、真の自分を分かってもらえないと諦めていた。

「うるさ…っ」

傷つけそうになって躊躇する。

「まったく、お前は…。こんなふうに抱かれても、性質は変わらないのかもしれないな。優しいのか」

入谷の性質を、そんなふうに評価されたのは初めてだ。入谷の傷ついてきた環境を見抜き、その裏の真の性質にキエフだけが気づいた……。

胸が震えても、彼に惹かれたりはしない。

「お前なんか…」

絶対に、許さない。何があっても。憎しみだけが、二人の間に横たわる。

「もう、お前が俺を利用する理由はないはずだ」

「俺にはある。俺はお前の身体が気に入ったと言ったんだ。せっかく俺が、最初から俺好みに仕立て上げたというのに、今さら他の男にさらわれてなるものか」

自分勝手な言い草だった。

「お前の吐息、声、全部、俺の好みだ。抱かれる反応も」

「どうして、俺を…っ」

「自分の敏感な身体を恨め。お前のような男は、そのプライドごと、鼻っ柱を折ってみたくなる」

昔から自分は、生意気だと言われ、征服されるための対象でしかなかった。努力して成果を出そうと思うほどに、その杭《くい》は打たれる。評価され、協力を得られる同僚と自分は、何が違うのだろう。

「もう、やめろ…っ」

「仕事は終わったのに、どうして…」

こんなことが、起こるのか。軍から家に帰宅した途端、彼に捕まった。

『俺を追いかけてみろ』

そう教会で彼は入谷に命じた。

だが追いかけようとはしなかった。すると、追いかけろと言ったくせに、焦《じ》れたようにキエフは入谷を捕まえたのだ。

そして、彼に強引にホテルに連れ込まれた。

「さっさと俺の腕の中に堕ちてこい」

自分本位の、命令。

――俺の腕の中に堕ちてこい。

屈辱にまみれたまま、彼に素直に身を投げ出す。

プライドを粉々にされる行為を繰り返されているのに、彼に逆らえず哀願する。

悔しいが、力でも策略でも、どうあっても、かなわない――。

至宝より大切なもの

ロシアの至宝を展示する催しが、日本で開かれる。

ロシア——その言葉に、吉永《よしなが》の胸が疼《うず》いた。

あの極寒の地に足を踏み入れ、過ごしたたった二週間。その間にいろいろなことがあった。

任務は終わり、吉永は日本に戻った。

もともと、それが普通なのだ。

だが、あの地に心を置き去りにしたかのような感覚を、今でも覚える。

それは、あの男のせいだ。

——忘れよう。

吉永はそう思った。

帰国すると吉永が言った時、あっさりとあの男は吉永を手放した。

それだけの存在だったということなのだろう。

吉永の身体《からだ》を弄《もてあそ》んだのも、あの男の気まぐれにすぎない。

吉永自身も、あの男のお陰で、酒井の足取りを辿《たど》る任務を遂行できたけれども。

互いに利用し合ったのだ。

それだけでいいではないか。

任務が終わり、かの地を離れれば、接点など何もない。

それきりの、関係だったのだ――。

「吉永、こっちに来い」

「はい」

上司に呼び出される。久しぶりのスーツ姿が、自分でもしっくりこない。

「ある実業家が、政府高官とともに訪れる。今回の展示の品々をほとんど出品してくださった方だ」

「今、そのポスターを見てきたところです」

「それで、だ。お前が彼の警護をすることになった」

「なんで俺が？」

自分の仕事じゃない。

「向こうからの名指しだ」

「ですが」

「命令だ」

ぐっと吉永は詰まる。上司命令。その言葉に吉永は弱い。

「一緒に来い。展示会場に先方はもうすぐ着くそうだ」

仕方なく、上司について吉永は向かう。

「こっちだ」

展示会場について、展示室に通されると……。

そこには、――あの男が立っていた。


(アレクセイ…!!)

「はじめまして、こちらが吉永です」

上司の紹介に、吉永はすぐに反応することができない。

「吉永?」

「あ、は…。吉永です」

促され、やっと挨拶《あいさつ》する。

「どうも」

低い声が、展示室の周囲に響き渡る。

「このたびは、貴重な品を出展いただきまして、ありがとうございます」

博物館の館長が、アレクセイに頭を下げる。

隣にいる通訳が、流暢《りゅうちょう》に訳す。

通訳もいるのなら、吉永の役目はないではないか。

わざわざ呼び出さなくてもいいだろうに。

そう思うと……。

通訳が、友好的に吉永に声をかけた。

「コズイレフさんが、少し吉永さんとお話しされたいそうです。先日、吉永さんは仕事でロシアにいらしたとか。その際、美術館で熱心に画《え》を眺めていらして、その時に、偶然お知り合いになられて、美術論を語り合われたそうですね」

「なんだ吉永、そうだったのか！　顔見知りだったのなら、早くそう言えばよかったのに」

上司は社会的地位の高い実業家と、吉永が知り合いだったことが得意そうだ。

アレクセイは、吉永の上司ですら見破られない、完璧な素性ファイルを作り上げていた。

彼の正体は、……吉永もいまだ分からない。

知りたいような、けれどそれは、吉永の命を脅かすような、そんな不安感を伴う。

世の中には、知らなくてもいいことが、あるものなのだと。

「二人で話したい、少しかまわないか？」

「もちろんです。どうぞどうぞ」

アレクセイが告げると、上司が応じる。

「ちょ、ちょっと！」

吉永は焦った。

「かまわん。お前の任務は彼のガードだ」

「だからそれが、もともと俺の仕事じゃないと言ってるんです」

「顔見知りのほうがいいと、コズイレフさん自身がおっしゃってるんだ。彼の秘書や書記官殿たちと外に出ている。それでは」

最後だけ丁寧に上司が頭を下げると、通訳ともども展示室を出ていってしまう。

「う、わ…っ!!」

二人きりになった途端、吉永がアレクセイに話しかける間もなく、彼が吉永の腕を摑《つか》んだ。

「何するんだよっ!」

『久しぶり』『元気か?』……いったい、どんな言葉や態度を向けられることを期待していたのだろう。

だが、アレクセイの行動はどんな予測とも違っていた。

「どこ行くんだよっ、おいっ!」

吉永は抵抗する間もなく、近くの化粧室へと連れ込まれてしまう。

そして、個室に吉永の身体を押し込むと、アレクセイは背後から胸元に手を差し込んできた。

ぎくり、と吉永の身体が竦《すく》む。卑猥《ひわい》な意図を、身体は感じ取る。

「なっ…!　おい!」

背後を振り返ろうとすると、胸元に潜り込んだ指先が、吉永の尖《とが》りを摘《つ》まんだ。

(あ……っ)

身体はすぐに火照《ほて》り出す。

日本に戻ってからというもの、この身体は男に抱かれてはいないのだ。

強く疼いたそこを思えば、かの地で過ごしたわずかな時間で、自分の身体がどれほど、この男によって慣らされたのか思い知らされる。

「展示室というのはやっかいだ。どこにも監視カメラがついているからな」

やっと、アレクセイが口を開いた。

「俺はかまわないが、お前が困るだろうと思ってな」

「まさか……」

「何がだ？　お前の身体は私に抱かれるのに、飢えていたんだろう？」

自信たっぷりの物言いが返される。

「そんなわけがあるか…っ！　あっ！」

抵抗するが、背後から羽交い絞めにされてしまう。下着ごとスラックスを下ろされた。

(あ……)

直《じか》にアレクセイの掌《てのひら》が這《は》わされ、吉永の肌が粟立《あわだ》つ。それははっきりと官能を帯びていた。

「ここに、日本に帰ってから、私以外の男を咥《くわ》え込んでいないな？」

「くぅ…っ！」

強引に指が捻《ね》じ込まれる。

「あ、ああ……」

内壁を指の腹で擦《こす》られた途端、吉永の唇からは、甘い吐息が零《こぼ》れた。

「ふ…」

アレクセイのほくそ笑む気配が伝わる。

「狭いな。男はいなかったようだな」

「お前以外に、誰《だれ》が…っ！」

「だがここに男を咥え込まなければ、お前はもう満足できないだろう？」

中で指が蠢《うごめ》く。無理やり広げさせられた後、アレクセイが前を寛《くつろ》げる。

「壁に手をつけ」

「おい、こんなところ、で…っ、うっ‼」

立ったまま壁に手をつかされた時、アレクセイが吉永の腰を掴み、ローションを塗りつけると、背後から強引に剛棒を捻じ込んだ。

「あう…っ！　あ、あああ――ッ！」

熱杭《ねっくい》で穿《うが》たれ、吉永は悲鳴を上げた。

「よく、締まる…」

「くっ、ぬ、抜け…っ」

「なぜだ？　そう抵抗したようにも見えなかったが」

「おい！」

「身体は素直だな。私を欲しがっているくせに」

アレクセイが杭を打ち込む。すると、吉永の内壁は、杭をきゅう…っと締めつけてしまう。

「あ、ああ。あああ…っ」

楔《くさび》を上下されるたび、嬌声《きょうせい》が零れ落ちた。

（う、じんじん、する…）

久しぶりに埋め込まれたそこは、奇妙な充足感を覚えていた。

この男を認めたわけではないのに、そこに男を咥え込まされると、満足感を覚える。彼とぴったりと一対になったような心地は、充足感をもたらす。

最初から吉永のそこは、アレクセイに使われるためのものだったのだと、思い込まされてしまいそうになる。

「もっと動かしてやろう」

「あああ！」

（ああ、いい……）

吉永は喘《あえ》いだ。淫《みだ》らな水音が、狭い場所に響いた。

剛棒が濡《ぬ》れた音とともに、吉永の中に激しく抜き差しされる。

「ああ」

吉永は唇から紅い舌を覗《のぞ》かせる。

こんなふうに犯されているというのに、吉永は感じきっていた。

「な、んで、こんな…ああ！」

「日本にお前を抱きに来たに、決まっているだろう？」

（っ！）

吉永は目を見開く。

まさかこの場所に吉永を連れ込んだのも、会ってすぐ、堪《こら》えきれなかったから……？

そんな甘い考えを否定しようとすると、紅い舌ごと、アレクセイの口唇《くちびる》に捕われた。

あとがき

皆様こんにちは、アズノベルズ様でははじめまして、あすま理彩です。

このたびは、当作品を発刊していただいて、とても嬉しく思っています。

インターポールの刑事や、宝探しといった題材は、以前から書きたかったテーマですので、とても力が入っていると思います。そこに歴史的な謎を織り交ぜながら、ミステリー風に仕上げてみました。

とはいえ、北の大地で繰り広げられる熱いロマンス、と言葉にすれば壮大なスケールにも思えますが、登場人物たちは互いの恋に精一杯のようです。

今回の主人公は吉永とアレクセイです。ですがなぜか、脇役のほうが出張っているような気がしてなりません。

吉永は私には珍しく、男らしいタイプの受けです。無鉄砲まではいかないけれど、行動力があって、正義感があって。その彼がなにやら謎を抱えた男であるアレクセイによって、別の才能を花開かされるのが、とても楽しみです。

そして真打ち（笑）、過去と影のありそうな屈折した男キエフ、彼に目をつけられてしまった入谷は、どうなるんでしょうね。入谷は結構気が強そうで、絶対自分からは折れるということをしなそうなので、この二人がくっつくかは……いつか、しっかりと書いてみたい気がしますが、皆様の応援次第だと思っております。

さて、イラストを担当してくださいました、徳丸佳貴先生、このたびは本当にありがとうございました。以前から憧れておりましたので、とても嬉しく思っています。また、いつか続きを書くような時には、よろしくお願いいたします。

担当様、本当にお世話になりました。とても楽しく執筆させていただきました。どうぞ今後ともよろしくお願い申し上げます。

読者の皆様へ、感謝の気持ちが伝わりますように。ご感想楽しみにお待ちしております。

愛を込めて。

あすま理彩

入谷の軍服。
とてもとても楽しく描かせていただきました！
キエフとの絡みに
ドキドキ…。
とく。

この本を読んでのご意見・ご感想・
ファンレターをお待ちしております。

〒101-0051
東京都千代田区神田神保町1-19　ポニービル3F
（株）イースト・プレス　アズ・ノベルズ編集部

ロシア皇帝より愛をこめて

2007年9月20日　初版第1刷発行

著　者：あすま理彩
装　丁：くつきかずや
編　集：福山八千代・面来朋子
発行人：福山八千代
発行所：㈱イースト・プレス
〒101-0051
東京都千代田区神田神保町1-19　ポニービル6F
TEL03-5259-7321　FAX03-5259-7322
http://www.eastpress.co.jp/
印刷所：中央精版印刷株式会社

ISBN978-4-87257-838-6 C0293

オール書き下ろし！
アズノベルズ
AZ・NOVELS
究極のBLレーベル同時発売！
毎月末発売！絶賛発売中！
傲慢な愛の支配者
妃川螢　イラスト／水貴はすの
イタリアの大富豪リカルドに警護を依頼され…
艶男に振り回されるなか、次第に迫る危機。
価格：893円（税込み）・新書判